STS

STS

LPT 絕對合格 攻略

考試分數大躍進
累積實力
百萬考生見證
應考秘訣

5

根據日本國際交流基金考試相關概要

新日檢6回

全真模擬 **寶藏題庫**
+ **通關解題**

N5
レベル

吉松由美・田中陽子・西村惠子・山田社日檢題庫小組　合著

讀解・聽力・言語知識
【文字・語彙・文法】

想要日檢，百「試」百勝！
就多做考試會出的題目！

本書將是您日檢「高得分」的一塊試金石！
摸透出題「方向」和「慣性」的寶藏題庫，
再講求「通關戰略」！
讓您在關鍵時刻，突然爆發潛力！
成為日檢黑馬－得分高手！

　　百萬考生佳評如潮！為回饋讀者的喜愛，新增通關解析，擊破考點！絕對合格！

　　一本好的模擬試題，除了能讓您得到考試的節奏感，練出考試的好手感外，透過專業日籍教師的通關解析，讓您立刻就抓出自己答題的盲點，快速提升實力！親臨考場，立刻就能超常發揮，高分唾手可得！

⇨ **多做會考的寶藏題庫，高分唾手可得：**

　　努力雖然重要，但考試勝敗的關鍵在，摸透出題「方向」和「慣性」，再講求「戰略戰術」。因此，為掌握最新出題趨勢，本書的出題日本老師，通通在日本長年持續追蹤新日檢出題內容，徹底分析了歷年的新舊日檢考題，完美地剖析新日檢的出題心理，比照日本語能力試驗規格，製作了擬真度 100 % 模擬試題的寶藏題庫。讓考生知道會考什麼題目，才知道如何為打勝仗而做準備。這樣熟悉考試內容，多做會考的寶藏題庫，將讓考生在關鍵時刻，突然爆發潛力，贏得高分！

⇨ **摸透出題法則，通關戰略方向指引，搶高分決勝點：**

　　日檢合格高手善於針對考試經常會出的問題，訂出通關戰略。更知道一本摸透出題法則的模擬考題，加上巧妙的分析解題思路與方法，並總結規律，才是得分關鍵。

　　本書符合日檢合格高手的最愛，例如：「日語漢字的發音難點、把老外考得七葷八素的漢字筆畫，都是熱門考點；如何根據句意確定詞，根據詞意確定字；如何正確把握詞義，如近義詞的區別，多義詞的辨識；能否辨別句間邏輯關係，相互呼應的關係；如何掌握固定搭配、約定成俗的慣用型，就能加快答題速度，提高準確度；閱讀部分，品質和速度同時決定了最終的得分，如何在大腦裡建立好文章的框架」。只有徹底解析出題心理，再加上戰略上的方向指引，培養快速解題的技巧，合格證書才能輕鬆到手！

⇨ 大份量 6 回聽解考題，全科突破：

新日檢的成績，只要一科沒有到達低標，就無法拿到合格證書！而「聽解」測驗，經常為取得證書的絆腳石。

本書提供您 6 回合大份量的模擬聽解試題，更依照 JLPT 官方公佈的正式考試規格，請專業日籍老師錄製符合 N5 程度的標準東京腔光碟。透過緊密扎實的練習，為您打造最強、最敏銳的「日語耳」，熟悉日本老師的腔調，聽到日語在腦中就能夠快速反應，讓您一聽完題目馬上就知道答案是哪一個！

⇨ 掌握考試的節奏感，輕鬆取得加薪證照：

為了讓您熟悉正式考試的節奏，本書集結 6 回大份量模擬考題，全部都按照新日檢的考試題型來製作。您可以按照正式考試的時間計時，配合模擬考題，訓練您答題的節奏與速度。考前 30 天，透過 6 回密集練習，讓您答題可以又快又正確！事前準備萬全，就能提高您的自信心，正式上場自然就能超常發揮，輕鬆取得加薪證照！

⇨ 金牌教師精心編寫通關解析，擊破考試盲點：

為了幫您贏得高分，《絕對合格攻略！新日檢 6 回全真模擬 N5 寶藏題庫＋通關解題》分析並深度研究了舊制及新制的日檢考題，不管日檢考試變得多刁鑽，掌握了原理原則，就掌握了一切！

本書由長年追蹤日檢題型的日籍金牌教師撰寫通關解析，點出您應考時的盲點！做練習不怕犯錯，就怕一錯再錯！透過反覆的試錯、糾正，從錯誤中學習，實力也能大大增加，考試絕對合格！

⇨ 相信自己，絕對合格：

「信心」來自周全的準備，經過反覆多次的練習，還有金牌教師幫您分析盲點，補足您的弱項，您已經有了萬全的準備，要相信自己的實力，更要保持平常心，專注在題目上，穩穩作答，就能發揮出 120% 的實力，保證「絕對合格」啦！

目錄 もくじ

● 題型分析 005

○ 第一回模擬試題 008

○ 第二回模擬試題 042

○ 第三回模擬試題 076

○ 第四回模擬試題 110

○ 第五回模擬試題 142

○ 第六回模擬試題 174

◎ 六回合聽解全文 206

◉ 第一回解答＋通關解題 248

◉ 第二回解答＋通關解題 258

◉ 第三回解答＋通關解題 267

◉ 第四回解答＋通關解題 277

◉ 第五回解答＋通關解題 287

◉ 第六回解答＋通關解題 296

測驗科目 （測驗時間）	試題內容				
			題型	小題 題數 *	分析
語言知識 （25分）	文字、語彙	1	漢字讀音	◇ 12	測驗漢字語彙的讀音。
		2	假名漢字寫法	◇ 8	測驗平假名語彙的漢字及片假名的寫法。
		3	選擇文脈語彙	◇ 10	測驗根據文脈選擇適切語彙。
		4	替換類義詞	○ 5	測驗根據試題的語彙或說法，選擇類義詞或類義說法。
語言知識、讀解 （50分）	文法	1	文句的文法1 （文法形式判斷）	○ 16	測驗辨別哪種文法形式符合文句內容。
		2	文句的文法2 （文句組構）	◆ 5	測驗是否能夠組織文法正確且文義通順的句子。
		3	文章段落的文法	◆ 5	測驗辨別該文句有無符合文脈。
	讀解*	4	理解內容 （短文）	○ 3	於讀完包含學習、生活、工作相關話題或情境等，約80字左右的撰寫平易的文章段落之後，測驗是否能夠理解其內容。
		5	理解內容 （中文）	○ 2	於讀完包含以日常話題或情境為題材等，約250字左右的撰寫平易的文章段落之後，測驗是否能夠理解其內容。
		6	薈整資訊	◆ 1	測驗是否能夠從介紹或通知等，約250字左右的撰寫資訊題材中，找出所需的訊息。

聽力變得好重要喔！

沒錯，以前比重只佔整體的1/4，現在新制高達1/3喔。

聽解 (30分)	1	理解問題	◇	7	於聽取完整的會話段落之後,測驗是否能夠理解其內容(於聽完解決問題所需的具體訊息之後,測驗是否能夠理解應當採取的下一個適切步驟)。
	2	理解重點	◇	6	於聽取完整的會話段落之後,測驗是否能夠理解其內容(依據剛才已聽過的提示,測驗是否能夠抓住應當聽取的重點)。
	3	適切話語	◆	5	測驗一面看圖示,一面聽取情境說明時,是否能夠選擇適切的話語。
	4	即時應答	◆	6	測驗於聽完簡短的詢問之後,是否能夠選擇適切的應答。

＊「小題題數」為每次測驗的約略題數,與實際測驗時的題數可能未盡相同。此外,亦有可能會變更小題題數。

＊有時在「讀解」科目中,同一段文章可能會有數道小題。

＊新制測驗與舊制測驗題型比較的符號標示:

◆	舊制測驗沒有出現過的嶄新題型。
◇	沿襲舊制測驗的題型,但是更動部分形式。
○	與舊制測驗一樣的題型。

JLPT N5

<ruby>試<rt>し</rt>験<rt>けん</rt>問<rt>もん</rt>題<rt>だい</rt></ruby>

測驗時間共 105 分鐘

STS

第1回

言語知識（文字・語彙）

もんだい1 ＿＿の ことばは ひらがなで どう かきますか。1・2・3・4 から いちばん いい ものを ひとつ えらんで ください。

（れい） 大きな さかなが およいで います。

　　1 おおきな　　　2 おきな　　　3 だいきな　　　4 たいきな

（かいとうようし）　（れい）　● ② ③ ④

---

1 あれが わたしの 会社です。

　1 がいしゃ　　　2 かいしや　　　3 ごうしゃ　　　4 かいしゃ

2 あなたの きょうだいは 何人ですか。

　1 なににん　　　2 なんにん　　　3 なんめい　　　4 いくら

3 ことしの なつは 海に いきたいです。

　1 やま　　　2 うみ　　　3 かわ　　　4 もり

4 すこし いえの 外で まって いて ください。

　1 そと　　　2 なか　　　3 うち　　　4 まえ

5 わたしの すきな じゅぎょうは 音楽です。

　1 がっき　　　2 さんすう　　　3 おんがく　　　4 おんらく

6 わたしの いえは えきから 近いです。

　1 とおい　　　2 ながい　　　3 みじかい　　　4 ちかい

7 そらに きれいな <u>月</u>が でて います。

  1 つき 　　　　 2 くも 　　　　　 3 ほし 　　　　 4 ひ

8 あねは ちかくの <u>町</u>に すんで います。

  1 むら 　　　　 2 もり 　　　　 3 まち 　　　　 4 はたけ

9 <u>午後</u>は さんぽに いきます。

  1 ごぜん 　　　　 2 ごご 　　　　　 3 ゆうがた 　　　 4 あした

10 わたしの <u>兄</u>も にほんごを べんきょうして います。

  1 あね 　　　　 2 ちち 　　　　　 3 おとうと 　　　 4 あに

もんだい2 ＿＿の ことばは どう かきますか。1・2・3・4から いちばん
いい ものを ひとつ えらんで ください。

（れい） わたしは あおい <u>はな</u>が すきです。

　　　1 草　　　　　　2 花　　　　　　3 化　　　　　　4 芸

（かいとうようし）　| （れい） | ① ● ③ ④ |

---

11 きょうも <u>ぷうる</u>で およぎました。

　　1 プール　　　　　2 プルー　　　　　3 プオル　　　　　4 ブール

12 かさを わすれたので、<u>こまりました</u>。

　　1 国りました　　　2 困りました　　　3 因りました　　　4 回りました

13 けさは とても <u>さむいですね</u>。

　　1 景いです　　　　2 暑いです　　　　3 者いです　　　　4 寒いです

14 <u>おかね</u>は たいせつに つかいましょう。

　　1 お全　　　　　　2 お金　　　　　　3 お会　　　　　　4 お円

15 この かどを <u>みぎ</u>に まがると としょかんです。

　　1 北　　　　　　　2 左　　　　　　　3 右　　　　　　　4 式

16 <u>しろい</u> はなが さいて います。

　　1 白い　　　　　　2 日い　　　　　　3 百い　　　　　　4 色い

17 きょうは がっこうを <u>やすみます</u>。

　　1 体みます　　　　　　　　　　　2 休みます

　　3 木みます　　　　　　　　　　　4 休みます

18 とりが <u>ないて</u> います。

1 島いて 　　 2 鳴いて 　　 3 鳥いて 　　 4 嶋いて

もんだい3 （　　　）に　なにを　いれますか。1・2・3・4から　いちばん
　　　　　　いい　ものを　ひとつ　えらんで　ください。

（れい）　へやの　なかに　くろい　ねこが　（　　　）。
　　　1　あります　　　2　なきます　　　　　3　います　　　　　4　かいます

（かいとうようし）　| （れい）　①　②　●　④ |

19　くつの　みせは　この　（　　　）の　2かいです。
　　1　マンション　　　2　アパート　　　　　3　ベッド　　　　　4　デパート

20　つかれたので、ここで　ちょっと　（　　　）。
　　1　いそぎましょう　　　　　　　　　　　2　やすみましょう
　　3　ならべましょう　　　　　　　　　　　4　あいましょう

21　ごごから　あめに　なりましたので、ともだちに　かさを　（　　　）。
　　1　ぬれました　　　2　かりません　　　3　さしました　　　4　かりました

22　そらが　くもって、へやの　なかが　（　　　）　なりました。
　　1　くらく　　　　　2　あかるく　　　3　きたなく　　　　　4　せまく

23　なつやすみに　ほんを　五（　　　）　よみました。
　　1　ほん　　　　　　2　まい　　　　　3　さつ　　　　　　4　こ

24　これは　きょねん　うみで　（　　　）　しゃしんです。
　　1　つけた　　　　　2　とった　　　　3　けした　　　　　4　かいた

25　あついので　まどを　（　　　）　ください。
　　1　あけて　　　　　2　けして　　　　3　しめて　　　　　4　つけて

Check □1 □2 □3

26 くらいですね。すこし （　　　） して ください。
　1　おいしく　　　　2　くらく　　　　　　3　しずかに　　　　4　あかるく

27 はこの なかに おかしが （　　　） はいって います。
　1　よっつ
　2　ななつ
　3　やっつ
　4　みっつ

28 かばんは まるい いすの （　　　）に あります。
　1　した
　2　よこ
　3　まえ
　4　うえ

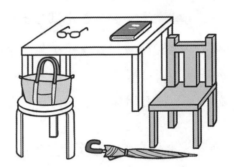

もんだい4　＿＿の　ぶんと　だいたい　おなじ　いみの　ぶんが　あります。
　　　　　　1・2・3・4から　いちばん　いい　ものを　ひとつ　えらんで
　　　　　　ください。

(れい)　その　えいがは　つまらなかったです。

　　1　その　えいがは　おもしろく　なかったです。

　　2　その　えいがは　たのしかったです。

　　3　その　えいがは　おもしろかったです。

　　4　その　えいがは　しずかでした。

　　(かいとうようし)　│(れい)│　● ② ③ ④ │

29　まいあさ　こうえんを　さんぽします。

　　1　けさ　こうえんを　さんぽしました。

　　2　あさは　いつも　こうえんを　さんぽします。

　　3　あさは　ときどき　こうえんを　さんぽします。

　　4　あさと　よるは　こうえんを　さんぽします。

30　しろい　ドアが　いりぐちです。そこから　はいって　ください。

　　1　いりぐちには　しろい　ドアが　あります。

　　2　しろい　ドアから　はいると　そこが　いりぐちです。

　　3　しろい　ドアから　はいって　ください。

　　4　いりぐちの　しろい　ドアから　でて　ください。

31　この　ふくは　たかくなかったです。

　　1　この　ふくは　つまらなかったです。

　　2　この　ふくは　ひくかったです。

　　3　この　ふくは　とても　たかかったです。

　　4　この　ふくは　やすかったです。

32 おととい　まちで　せんせいに　あいました。

1　きのう　まちで　せんせいに　あいました。

2　ふつかまえに　まちで　せんせいに　あいました。

3　きょねん　まちで　せんせいに　あいました。

4　おととし　まちで　せんせいに　あいました。

33 トイレの　ばしょを　おしえて　ください。

1　せっけんの　ばしょを　おしえて　ください。

2　だいどころの　ばしょを　おしえて　ください。

3　おてあらいの　ばしょを　おしえて　ください。

4　しょくどうの　ばしょを　おしえて　ください。

言語知識（文法）・読解

もんだい1 　（　　　）に 何を 入れますか。1・2・3・4から いちばん
　　　　　　いい ものを 一つ えらんで ください。

（れい） これ （　　　） わたしの かさです。

　　　1 は 　　　　2 を 　　　　3 や 　　　　4 に

　　（かいとうようし）　（れい）　● ② ③ ④

1 　もんの まえ（　　　） かわいい 犬を 見ました。

　　1 は 　　　　　2 が 　　　　　3 へ 　　　　　4 で

2 　あついので ぼうし（　　　） かぶりました。

　　1 に 　　　　　2 で 　　　　　3 を 　　　　　4 が

3 　中野「内田さん （　　　） きのう なにを しましたか。」
　　内田「えいがに いきました。」

　　1 が 　　　　　2 に 　　　　　3 で 　　　　　4 は

4 　母「たなの 上の おかしを たべたのは、あなたですか。」
　　子ども「はい。わたし （　　　） たべました。ごめんなさい。」

　　1 が 　　　　　2 は 　　　　　3 で 　　　　　4 へ

5 　きのう、わたしは 友だち （　　　） こうえんに いきました。

　　1 が 　　　　　2 は 　　　　　3 と 　　　　　4 に

6 　えきの まえの みちを 東（　　　） あるいて ください。

　　1 を 　　　　　2 が 　　　　　3 か 　　　　　4 へ

7 先生「この 赤い かさは、田中さん（　　　）ですか。」

田中「はい、そうです。」

　1　が　　　　　　2　を　　　　　　3　の　　　　　　4　や

8 A「あなたは がいこくの どこ（　　　）いきたいですか。」

B「スイスです。」

　1　に　　　　　　2　を　　　　　　3　は　　　　　　4　で

9 わたしの 父は、母（　　　）3さい わかいです。

　1　にも　　　　　2　より　　　　　3　では　　　　　4　から

10 これは 北海道（　　　）おくって きた 魚です。

　1　でも　　　　　2　には　　　　　3　では　　　　　4　から

11 A「おきなわでも 雪が ふりますか。」

B「ふった ことは ありますが、あまり（　　　）。」

　1　ふります　　　　　　　　　　2　ふりません

　3　ふって いました　　　　　　4　よく ふります

12 A「魚が たくさん およいで いますね。」

B「そうですね。50ぴき（　　　）いるでしょう。」

　1　ぐらい　　　　2　までは　　　　3　やく　　　　4　などは

13 A「へやには だれか いましたか。」

B「いいえ、（　　　）いませんでした。」

　1　だれが　　　　2　だれに　　　　3　だれも　　　　4　どれも

14 A「あなたは、その 人の（　　　）ところが すきですか。」

B「とても つよい ところです。」

　1　どこの　　　　2　どんな　　　　3　どれが　　　　4　どこな

15 先生「あなたは、きのう　なぜ　学校を　やすんだのですか。」

学生「おなかが　いたかった（　　　）です。」

1　から　　　　　2　より　　　　　3　など　　　　　4　まで

16 （電話で）

山田「山田と　もうしますが、そちらに　田上さん（　　　）。」

田上「はい、わたしが　田上です。」

1　では　ないですか　　　　　　2　いましたか

3　いますか　　　　　　　　　　4　ですか

もんだい2　＿★＿に　入る　ものは　どれですか。1・2・3・4から　いちばん
いい　ものを　一つ　えらんで　ください。

（もんだいれい）

A「＿＿＿＿　＿＿＿＿　＿★＿　＿＿＿＿か。」

B「あの　かどを　まがった　ところです。」

1　どこ　　　　　2　こうばん　　　　　3　は　　　　　4　です

（こたえかた）

1. ただしい　文を　つくります。

A「＿＿＿＿＿＿　＿＿＿＿＿　＿★＿＿　＿＿＿＿＿か。」

2　こうばん　　　3　は　　　　1　どこ　　　4　です

B「あの　かどを　まがった　ところです。」

2. ＿★＿に　入る　ばんごうを　くろく　ぬります。

（かいとうようし）　（れい）　● ② ③ ④

17　（デパートで）

客「ハンカチの　＿＿＿＿　＿＿＿＿　＿★＿　＿＿＿＿か。」

店の人「2かいです。」

1　は　　　　　　2　みせ　　　　　3　です　　　　　4　なんがい

18　A「きのうは　なんじ＿＿＿＿　＿＿＿＿　＿★＿　＿＿＿＿か。」

B「9じはんです。」

1　家　　　　　　2　出ました　　　　3　を　　　　　4　に

19 この　へやは　とても ＿＿＿ ＿★＿ ＿＿＿ ＿＿＿ね。

　　1　です 　　　　　　 2　て 　　　　　　 3　ひろく 　　　　　　 4　しずか

20 （本屋で）

　　店員「どんな　本を　さがして　いるのですか。」

　　客「かんたん＿＿＿＿ ＿＿＿＿ ＿★＿ ＿＿＿＿ さがして　います。」

　　1　えいごの 　　 2　な 　　　　　　 3　本 　　　　　　 4　を

21 A「いえには　どんな　ペットが　いますか。」

　　B「 ＿＿＿ ＿★＿ ＿＿＿ ＿＿＿よ。」

　　1　犬 　　　　　　 2　ねこが 　　　　　　 3　と 　　　　　　 4　います

もんだい3　　22　から　26　に　何を　入れますか。ぶんしょうの　いみを
　　　　　　　かんがえて、1・2・3・4から　いちばん　いい　ものを　一つ
　　　　　　　えらんで　ください。

日本で　べんきょうして　いる　学生が、「わたしと　パソコン」の　ぶんしょ
うを　書いて、クラスの　みんなの　前で　読みました。

　　わたしは、まいにち　家で　パソコンを　つかって　います。パソコンは、
何かを　しらべる　ときに　とても　22　です。
　　出かける　とき、どの　23　電車や　地下鉄に　乗るのかを　しらべた
り、店の　ばしょを　24　します。
　　わたしたち　留学生は、日本の　まちを　あまり　25　ので、パソコン
が　ないと　とても　26　。

22

　1　べんり　　　　2　高い　　　　　3　安い　　　　　4　ぬるい

23

　1　学校で　　　　2　えきで　　　　3　店で　　　　　4　みちで

24

　1　しらべる　　　2　しらべよう　　3　しらべて　　　4　しらべたり

25

　1　しって　いる　　　　　　　　　2　おしえない
　3　しらない　　　　　　　　　　　4　あるいて　いる

26

　1　むずかしいです　　　　　　　　2　しずかです
　3　いいです　　　　　　　　　　　4　こまります

もんだい４　つぎの　(1)から　(3)の　ぶんしょうを　読んで、しつもんに　こた
えて　ください。こたえは、１・２・３・４から　いちばん　いい
ものを　一つ　えらんで　ください。

(1)

　わたしは　今日、母に　おしえて　もらいながら　ホットケーキを　作りまし
た。先週　一人で　作った　とき、じょうずに　できなかったからです。今日は、
とても　よく　できて、父も、おいしいと　言って　食べました。

27　「わたし」は、今日、何を　しましたか。
１　母に　おしえて　もらって　ホットケーキを　作りました。
２　一人で　ホットケーキを　作りました。
３　父と　いっしょに　ホットケーキを　作りました。
４　父に　ホットケーキの　作りかたを　ならいました。

(2)

　わたしの　いえは、えきの　まえの　ひろい　道を　まっすぐに　歩いて、花やの　かどを　みぎに　まがった　ところに　あります。花やから　4けん先の白い　たてものです。

28　「わたし」の　いえは　どれですか。

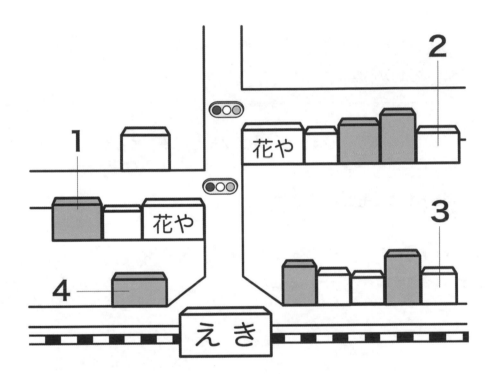

あしたの　ハイキングに　ついて　先生から　つぎの　話が　ありました。

あした、ハイキングに　行く　人は、朝、9時までに　学校に　来て　ください。前の　日に　病気を　して、ハイキングに　行く　ことが　できなく　なった　人は、朝の　7時までに　先生に　電話を　して　ください。

また、あした　雨で　ハイキングに　行かない　ときは、朝の　6時までに、先生が　みなさんに　電話を　かけます。

---

29 前の　日に　病気を　して、ハイキングに　行く　ことが　できなく　なった　ときは、どうしますか。

1　朝　6時までに　先生に　電話を　します。

2　朝　8時までに　先生に　メールを　します。

3　朝　7時までに　先生に　電話を　します。

4　夜の　9時までに　先生に　電話を　します。

もんだい5　つぎの　ぶんしょうを　読んで、しつもんに　こたえて　ください。
　　　　　　こたえは、1・2・3・4から　いちばん　いい　ものを　一つ　え
　　　　　　らんで　ください。

　土曜日の　夕方から　雪が　ふりました。

　わたしが　すんで　いる　*九州では、雪は　あまり　ふりません。こんなに
たくさん　雪が　ふるのを　はじめて　見たので、わたしは　とても　うれしく
なりました。

　くらく　なった　空から　白い　雪が　*つぎつぎに　ふって　きて、とても
きれいでした。わたしは、長い　間　まどから　雪を　見て　いましたが、12時
ごろ　ねました。

　日曜日の　朝7時ごろ、「シャッ、シャッ」と　いう　音を　聞いて、おきま
した。雪は　もう　ふって　いませんでした。門の　外で、母が　*雪かきを　し
て　いました。日曜日で　がっこうも　休みなので　まだ　ねて　いたかったの
ですが、わたしも　おきて　雪かきを　しました。

　近くの　子どもたちは、たのしく　雪で　あそんで　いました。

*九州：日本の南の方の島。

*つぎつぎに：一つのことやもののすぐあとに、同じことやものがくる。

*雪かき：つもった雪を道の右や左にあつめて、通るところを作ること。

30　「わたし」は、どうして　うれしく　なりましたか。

1　土曜日の　夕方に　雪が　つもったから

2　雪が　ふるのが　とても　きれいだったから

3　雪を　はじめて　見たから

4　雪が　たくさん　ふるのを　はじめて　見たから

31　「わたし」は、日曜日の　朝　何を　しましたか。

1　7時に　おきて　がっこうに　行きました。

2　子どもたちと　雪で　あそびました。

3　朝　はやく　おきて　雪かきを　しました。

4　雪の　つもった　まちを　歩きました。

もんだい6　下の　「図書館のきまり」を　見て、下の　しつもんに　こたえて
ください。こたえは、1・2・3・4から　いちばん　いい　ものを
一つ　えらんで　ください。

32　田中さんは　3月9日、日曜日に　本を　3冊　借りました。
何月何日までに　返しますか。

1　3月23日

2　3月30日

3　3月31日

4　4月1日

図書館のきまり

○　時間　　午前9時から午後7時まで
○　休み　　毎週月曜日

　　*また、毎月30日（2月は28日）は、お
　　休みです。

○　1回に、一人3冊までかりることができます。
○　借りることができるのは3週間です。

　　*3週間あとの日が図書館の休みの日のときは、
　　その次の日までにかえしてください。

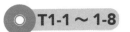
もんだい1

　もんだい1では、はじめに　しつもんを　きいて　ください。それから　はなしを　きいて、もんだいようしの　1から4の　なかから、いちばん　いい　ものを　ひとつ　えらんで　ください。

れい

1ばん

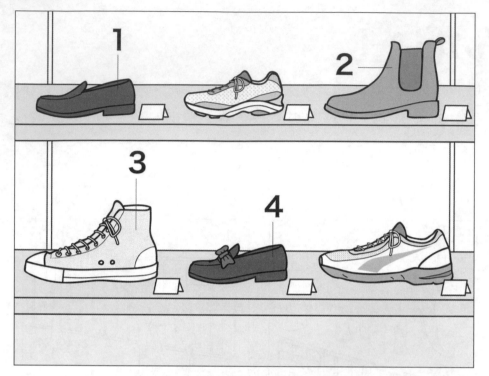

2ばん

1 1 かい

2 2 かい

3 3 かい

4 4 かい

3ばん

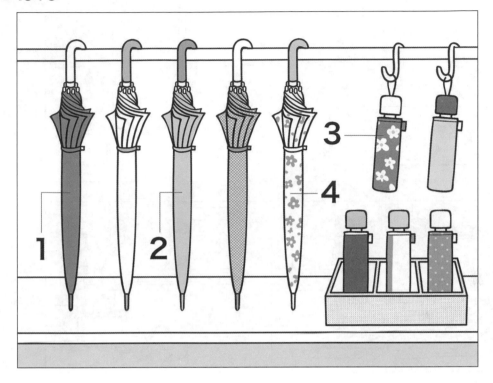

4ばん

1　歩いて行きます

2　電車で行きます

3　バスで行きます

4　タクシーで行きます

5ばん

6ばん

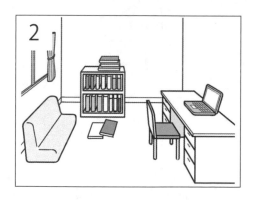

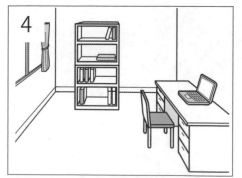

7ばん

1　かさをプレゼントします

2　あたらしいふくをプレゼントします

3　天ぷらを食べます

4　天ぷらを作ります

もんだい2

もんだい2では、はじめに　しつもんを　きいて　ください。それから　はなしを
きいて、もんだいようしの　1から4の　なかから、いちばん　いい　ものを　ひとつ
えらんで　ください。

れい

1　自分の家

2　会社の近くのえき

3　レストラン

4　おかし屋

Check □1 □2 □3

1ばん

1 30分

2 1時間

3 1時間半

4 2時間

回數

1

2

3

4

5

6

2ばん

1 861—3201

2 861—3204

3 861—3202

4 861—3402

3 ばん

1　本屋

2　ぶんきゅうどう

3　くつ屋

4　きっさてん

4 ばん

1　午後 2 時

2　午後 4 時

3　午後 5 時 30 分

4　帰りません

5ばん

1　自分の部屋のそうじをしました

2　せんたくをしました

3　母と出かけました

4　母にハンカチを返しました

6ばん

1　トイレットペーパー

2　ティッシュペーパー

3　せっけん

4　何も買ってきませんでした

もんだい3

もんだい3では、えを　みながら　しつもんを　きいて　ください。

➡（やじるし）の　ひとは、なんと　いいますか。1から3の　なかから、
いちばん　いい　ものを　ひとつ　えらんで　ください。

れい

1ばん

2ばん

3ばん

4ばん

5ばん

もんだい４

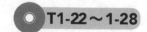

　　もんだい４は、えなどが　ありません。ぶんを　きいて、１から３の　なかから、いちばん　いい　ものを　ひとつ　えらんで　ください。

― メモ ―

MEMO

答對：
／33題

文
字
・
語
彙
【測驗時間25分鐘】

第2回

言語知識（文字・語彙）

もんだい1　＿＿の　ことばは　ひらがなで　どう　かきますか。1・2・3・4
　　　　　から　いちばん　いい　ものを　ひとつ　えらんで　ください。

（れい）　大きな　さかなが　およいで　います。

1　おおきな　　　2　おきな　　　3　だいきな　　　4　たいきな

（かいとうようし）　｜（れい）　● ② ③ ④｜

1　きょうしつは　とても　静かです。

1　たしか　　　　2　おだやか　　　3　しずか　　　4　あたたか

2　えんぴつを　何本　かいましたか。

1　なにほん　　　2　なんぼん　　　3　なんほん　　　4　いくら

3　やおやで　くだものを　買って　かえります。

1　うって　　　　2　かって　　　　3　きって　　　4　まって

4　わたしには　弟が　ひとり　います。

1　おとうと　　　2　おとおと　　　3　いもうと　　　4　あね

5　わたしは　動物が　すきです。

1　しょくぶつ　　2　すうがく　　　3　おんがく　　　4　どうぶつ

6　きょうは　よく　晴れて　います。

1　くれて　　　　2　かれて　　　　3　はれて　　　4　たれて

7 よる　おそくまで　<u>仕事を</u>　しました。

1　しごと　　　　　2　かじ　　　　　　　3　しゅくだい　　　4　しじ

8 <u>2週間</u>　まって　ください。

1　にねんかん　　　　　　　　　　2　にかげつかん

3　ふつかかん　　　　　　　　　　4　にしゅうかん

9 <u>夕方</u>　おもしろい　テレビを　見ました。

1　ゆうかた　　　2　ゆうがた　　　　3　ごご　　　　　4　ゆうひ

10 <u>父は</u>　いま　りょこうちゅうです。

1　はは　　　　　2　あに　　　　　　3　ちち　　　　　4　おば

もんだい2 ＿＿の ことばは どう かきますか。1・2・3・4から いちばん いい ものを ひとつ えらんで ください。

（れい） わたしは あおい はなが すきです。

1 草　　　　　　2 花　　　　　　3 化　　　　　　4 芸

（かいとうようし） | （れい） | ① ● ③ ④ |

---

11 ぽけっとから ハンカチを だしました。

1 ボケット　　　　　　　　　　2 ポッケット
3 ポケット　　　　　　　　　　4 ホケット

12 ゆきが ふりました。

1 霄　　　　　　　　　　　　2 雪
3 雨　　　　　　　　　　　　4 雷

13 にしの そらが あかく なって います。

1 東　　　　　　2 北　　　　　　3 四　　　　　　4 西

14 あには あさ 8時には かいしゃに 行きます。

1 会社　　　　　2 合社　　　　　3 回社　　　　　4 会車

15 すこし まって ください。

1 大し　　　　　2 多し　　　　　3 少し　　　　　4 小し

16 あねは とても かわいい 人です。

1 姉　　　　　　2 兄　　　　　　3 弟　　　　　　4 妹

17 ひゃくえんで なにを かいますか。

1 白円　　　　　2 千円　　　　　3 百冊　　　　　4 百円

18 わたしは ほんを よむのが すきです。

1 木 　　　　　 2 本 　　　　　 3 末 　　　　　 4 未

もんだい3 （　　　）に　なにを　いれますか。1・2・3・4から　いちばん
いい　ものを　ひとつ　えらんで　ください。

（れい）　へやの　なかに　くろい　ねこが　（　　　）。
　　　1　あります　　　2　なきます　　　3　います　　　4　かいます

　　（かいとうようし）　| （れい） | ① ② ● ④ |

19　5かいには　この　（　　　）で　行って　ください。
　1　アパート　　　　　　　　　　2　デパート
　3　カート　　　　　　　　　　　4　エレベーター

20　きょうは　とても　かぜが　（　　）　です。
　1　ながい　　　　　2　つよい　　　　　3　みじかい　　　　4　たかい

21　この　えは　だれが　（　　　）。
　1　とりましたか　　　　　　　　2　つくりましたか
　3　かきましたか　　　　　　　　4　さしましたか

22　ぎゅうにくは　すきですが、ぶたにくは　（　　　）。
　1　きらいです　　　　　　　　　2　すきです
　3　たべます　　　　　　　　　　4　おいしいです

23　せんせいが　テストの　かみを　3（　　　）ずつ　わたしました。
　1　ねん　　　　　2　ぼん　　　　　3　まい　　　　　4　こ

24　くらいので　でんきを　（　　）　ください。
　1　ふいて　　　　　2　つけて　　　　　3　けして　　　　4　おりて

25　（　　　）に　みずを　入れます。
　1　コップ　　　　　2　ほん　　　　　3　えんぴつ　　　　4　サラダ

26 あそこに （　　　） いるのは、なんと いう はなですか。

1 ないて　　　　　2 とって　　　　　　3 さいて　　　　　　4 なって

27 いもうとは かぜを （　　　） ねて います。

1 ひいて　　　　　2 ふいて　　　　　　3 きいて　　　　　　4 かかって

28 ことし、みかんの 木に はじめて みかんが （　　　） なりました。

1 よっつ
2 いつつ
3 むっつ
4 ななつ

もんだい4 ＿＿の ぶんと だいたい おなじ いみの ぶんが あります。
1・2・3・4から いちばん いい ものを ひとつ えらんで
ください。

(れい)　その　えいがは　つまらなかったです。

1　その　えいがは　おもしろく　なかったです。

2　その　えいがは　たのしかったです。

3　その　えいがは　おもしろかったです。

4　その　えいがは　しずかでした。

(かいとうようし)　(れい)　● ② ③ ④

29　まいにち　だいがくの　しょくどうで　ひるごはんを　たべます。

1　いつも　あさごはんは　だいがくの　しょくどうで　たべます。

2　いつも　ひるごはんは　だいがくの　しょくどうで　たべます。

3　いつも　ゆうごはんは　だいがくの　しょくどうで　たべます。

4　いつも　だいがくの　しょくどうで　しょくじを　します。

30　あなたの　いもうとは　いくつですか。

1　あなたの　いもうとは　どこに　いますか。

2　あなたの　いもうとは　なんねんせいですか。

3　あなたの　いもうとは　なんさいですか。

4　あなたの　いもうとは　かわいいですか。

31　あねは　からだが　つよく　ないです。

1　あねは　からだが　じょうぶです。

2　あねは　からだが　ほそいです。

3　あねは　からだが　かるいです。

4　あねは　からだが　よわいです。

　　　　　　　　　　　　　　　　　Check □1 □2 □3

32 1ねん　まえの　はる、にほんに　きました。

1　ことしの　はる、にほんに　きました。

2　きょねんの　はる、にほんに　きました。

3　2ねん　まえの　はる、にほんに　きました。

4　おととしの　はる、にほんに　きました。

33 この　ほんを　かりたいです。

1　この　ほんを　かって　ください。

2　この　ほんを　かりて　ください。

3　この　ほんを　かして　ください。

4　この　ほんを　かりて　います。

答對：
／32題

言語知識（文法）・読解

もんだい1　（　　）に　何を　入れますか。1・2・3・4から　いちばん
　　　　　　いい　ものを　一つ　えらんで　ください。

（れい）　これ　（　　）　わたしの　かさです。

　　　1　は　　　　　　2　を　　　　　　3　や　　　　　4　に

（かいとうようし）　　（れい）　● ② ③ ④

1　あの　店（　　）　りょうりは　とても　おいしいです。

　1　と　　　　　　2　に　　　　　　　3　の　　　　　　　4　を

2　しずかに　ドア（　　）　あけました。

　1　を　　　　　　2　に　　　　　　　3　が　　　　　　　4　へ

3　A「あなたは　あした　だれ（　　）　会うのですか。」
　　　B「小学校の　ときの　友だちです。」

　1　は　　　　　　2　が　　　　　　　3　へ　　　　　　　4　と

4　A「ゆうびんきょくは　どこですか。」
　　　B「この　かどを　左（　　）　まがった　ところです。」

　1　に　　　　　　2　は　　　　　　　3　を　　　　　　　4　から

5　A「きのう、わたし（　　）　あなたに　言った　ことを　おぼえて　います
　　　か。」

　　　B「はい。よく　おぼえて　います。」

　1　は　　　　　　2　に　　　　　　　3　が　　　　　　　4　へ

6　わたし（　　）　兄が　二人　います。

　1　まで　　　　　2　では　　　　　　3　から　　　　　　4　には

7 A「これは（　　　）国の　ちずですか。」

B「オーストラリアです。」

1　だれの　　　　　2　どこの　　　　　　3　いつの　　　　　4　何の

8 あねは　ギターを　ひき（　　　）うたいます。

1　ながら　　　　　2　ちゅう　　　　　　3　ごろ　　　　　　4　たい

9 学生が　大学の　まえの　道（　　　）あるいて　います。

1　や　　　　　　2　を　　　　　　　3　が　　　　　　4　に

10 夕ご飯を　たべた（　　　）おふろに　入ります。

1　まま　　　　　　2　まえに　　　　　　3　すぎ　　　　　　4　あとで

11 母「しゅくだいは（　　　）おわりましたか。」

子ども「あと　すこしで　おわります。」

1　まだ　　　　　　2　もう　　　　　　3　ずっと　　　　　4　なぜ

12 A「（　　　）飲み物は　ありませんか。」

B「コーヒーが　ありますよ。」

1　何か　　　　　2　何でも　　　　　3　何が　　　　　4　どれか

13 すこし　つかれた（　　　）、ここで　やすみましょう。

1　と　　　　　　2　のに　　　　　　3　より　　　　　　4　ので

14 としょかんは、土曜日から　月曜日（　　　）おやすみです。

1　も　　　　　　2　まで　　　　　　3　に　　　　　　4　で

15 母と　デパート（　　　）買い物を　します。

1　で　　　　　　2　に　　　　　　　3　を　　　　　　4　は

16 A「この　本は　おもしろいですよ。」

B「そうですか。わたし（　　　）読みたいので、かして　くださいませ
ん か。」

1　は　　　　　　　2　に　　　　　　　3　も　　　　　　　4　を

もんだい2 　_★_ に　入る　ものは　どれですか。1・2・3・4から　いちばん
　　　　　　いい　ものを　一つ　えらんで　ください。

（もんだいれい）

　　A「_____　_____　_★_　_____か。」
　　B「あの　かどを　まがった　ところです。」
　　1　どこ　　　　　2　こうばん　　　　　3　は　　　　4　です

（こたえかた）

1.　ただしい　文を　つくります。

　　　A「_____　_____　__★__　_____か。」
　　　　　2 こうばん　　3 は　　　1 どこ　　　4 です
　　　B「あの　かどを　まがった　ところです。」

2.　_★_に　入る　ばんごうを　くろく　ぬります。

　　（かいとうようし）　｜（れい）｜●　②　③　④　｜

17　A「けさは　_____　_★_　_____　_____か。」
　　B「7時半です。」
　　1　おき　　　　　2　に　　　　　　3　なんじ　　　　4　ました

18　A「らいしゅう　_____　_____　_★_　_____か。」
　　B「はい、行きたいです。」
　　1　ません　　　　2　に　　　　　　3　パーティー　　4　行き

19 A「山田さんは　どんな　人ですか。」

B「とても ＿＿＿ ＿★＿ ＿＿＿ ＿＿＿よ。」

1　人　　　　　　2　です　　　　　　3　きれいで　　　4　たのしい

20 A「まだ　えいがは　はじまらないのですか。」

B「そうですね。＿＿＿ ＿＿＿ ＿★＿ ＿＿＿ます。」

1　ほどで　　　　2　10分　　　　　　3　はじまり　　　4　あと

21 A「お父さんは　どこに　つとめて　いますか。」

B「＿＿＿ ＿＿＿ ＿★＿ ＿＿＿。」

1　います　　　　2　銀行　　　　　　3　つとめて　　　4　に

もんだい3 　22　 から 　26　 に 何^{なに}を 入^いれますか。ぶんしょうの いみを
　　　　 かんがえて、1・2・3・4から いちばん いい ものを 一つ
　　　　 えらんで ください。

日本^{にほん}で べんきょうして いる 学生^{がくせい}が、「わたしの 町^{まち}の 店^{みせ}」について
ぶんしょうを 書^かいて、クラスの みんなの 前^{まえ}で 読^よみました。

わたしが 日本^{にほん}に 来^きた ころ、駅^{えき} 　22　 アパートへ 行^いく 道^{みち}には
小^{ちい}さな 店^{みせ}が ならんで いて、八百屋^{やおや}さんや 魚屋^{さかなや}さんが 　23　 。
　24　 、2か月前^{げつまえ} その 小^{ちい}さな 店^{みせ}が ぜんぶ なくなって、大^{おお}きな
スーパーマーケットに なりました。
　スーパーには、何^{なん} 　25　 あって べんりですが、八百屋^{やおや}や 魚屋^{さかなや}の お
じさん おばさんと 話^{はなし}が できなく なったので、　26　 なりました。

22

1 へ　　　　　　2 に　　　　　　3 から　　　　　4 で

23

1 あります　　2 ありました　　3 います　　　　4 いました

24

1 また　　　　2 だから　　　　3 では　　　　　4 しかし

25

1 も　　　　　2 さえ　　　　　3 でも　　　　　4 が

26

1 つまらなく　2 近^{ちか}く　　　　3 しずかに　　　4 にぎやかに

もんだい4 つぎの (1)から (3)の ぶんしょうを 読んで、しつもんに こた
えて ください。こたえは、1・2・3・4から いちばん いい
ものを 一つ えらんで ください。

(1)

　わたしは 大学生です。わたしの 父は 大学で 英語を おしえて います。
母は 医者で、病院に つとめて います。姉は 会社に つとめて いました
が、今は けっこんして、東京に すんで います。

27 「わたし」の お父さんの しごとは 何ですか。
1 医者
2 大学生
3 大学の 先生
4 会社員

(2)

　これは、わたしが　とった　家族の　しゃしんです。父は　とても　背が　高く、母は　あまり　高く　ありません。母の　右に　立って　いるのは、母の　お父さんで、その　となりに　いるのが　妹です。父の　左で　いすに　すわって　いるのは　父の　お母さんです。

28　「わたし」の　家族の　しゃしんは　どれですか。

(3)

テーブルの　うえに　たかこさんの　お母<ruby>母<rt>かあ</rt></ruby>さんの　メモが　ありました。

○

たかこさん

　　午後<ruby>午後<rt>ごご</rt></ruby>から　出<ruby>出<rt>で</rt></ruby>かける　ことに　なりました。7時<ruby>時<rt>じ</rt></ruby>ごろには　か

えります。れいぞうこに　ぶたにくと　じゃがいもと　にんじ

んが　あるので、夕飯<ruby>夕飯<rt>ゆうはん</rt></ruby>を　作<ruby>作<rt>つく</rt></ruby>って、まって　いて　ください。

---

29 たかこさんは、お母<ruby>母<rt>かあ</rt></ruby>さんが　いない　あいだ、何<ruby>何<rt>なに</rt></ruby>を　しますか。

1　ぶたにくと　じゃがいもと　にんじんを　かいに　行<ruby>行<rt>い</rt></ruby>きます。

2　れいぞうこに　入<ruby>入<rt>はい</rt></ruby>って　いる　もので　夕飯<ruby>夕飯<rt>ゆうはん</rt></ruby>を　作<ruby>作<rt>つく</rt></ruby>ります。

3　7時<ruby>時<rt>じ</rt></ruby>ごろまで　お母<ruby>母<rt>かあ</rt></ruby>さんの　かえりを　まちます。

4　学校<ruby>学校<rt>がっこう</rt></ruby>の　しゅくだいを　して　おきます。

もんだい5 つぎの ぶんしょうを 読んで、しつもんに こたえて ください。

こたえは、1・2・3・4から いちばん いい ものを 一つ え

らんで ください。

きのうは、中村さんと いっしょに 音楽会に 行く 日でした。音楽会は 1時半に はじまるので、中村さんと わたしは、1時に 池田駅の 花屋の 前で 会う ことに しました。

わたしは、1時から、西の 出口の 花屋の 前で 中村さんを まちました。しかし、10分すぎても、15分すぎても、中村さんは 来ません。わたしは、中村さんに けいたい電話を かけました。

電話に 出た 中村さんは「わたしは 1時10分前から 東の 出口の 花屋の 前で まって いますよ。」と 言います。わたしは、西の 出口の 花屋の 前で まって いたのです。

わたしは 走って 東の 出口に 行きました。そして、まって いた 中村さんと 会って、音楽会に 行きました。

30 中村さんが 来なかった とき、「わたし」は どう しましたか。

1 東の 出口で ずっと まって いました。

2 西の 出口に 行きました。

3 けいたい電話を かけました。

4 いえに かえりました。

31 中村さんは、どこで 「わたし」を まって いましたか。

1 西の 出口の 花屋の 前

2 東の 出口の 花屋の 前

3 音楽会を する ところ

4 中村さんの いえ

もんだい6　下の　郵便料金の　表を　見て、下の　しつもんに　こたえて　ください。こたえは、1・2・3・4から　いちばん　いい　ものを　一つ　えらんで　ください。

32　中山さんは、200gの　手紙を　速達で　出します。いくらの　切手を　はりますか。

1　250円　　　　　2　280円　　　　　3　650円　　　　　4　530円

郵便料金
(てがみやはがきなどを出すときのお金)

定形郵便物　*1	25g以内*2	82円
	50g以内	92円
定形外郵便物　*3	50g以内	120円
	100g以内	140円
	150g以内	205円
	250g以内	250円
	500g以内	400円
	1kg以内	600円
	2kg以内	870円
	4kg以内	1,180円
はがき	通常はがき	52円
	往復はがき	104円
速達　*4	250g以内	280円
	1kg以内	380円
	4kg以内	650円

＊1　定形郵便物　郵便の会社がきめた大きさで50gまでのてがみ。

＊2　25g以内　25gより重くありません。

＊3　定形外郵便物　定形郵便物より大きいか小さいか、または重いてがみやにもつ。

＊4　速達　ふつうより早くつくこと。

聴解

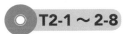

もんだい1

　もんだい1では、はじめに　しつもんを　きいて　ください。それから　はなしを　きいて、もんだいようしの　1から4の　なかから、いちばん　いい　ものを　ひとつ　えらんで　ください。

れい

1ばん

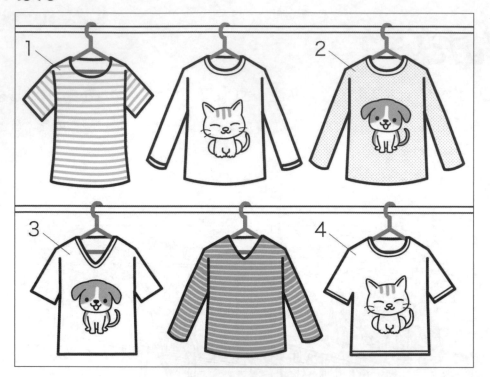

2ばん

1　1かい

2　2かい

3　3かい

4　4かい

3 ばん

1　3 時

2　3 時 20 分

3　3 時 30 分

4　3 時 40 分

回數

1

2

3

4

5

6

4 ばん

5ばん

1 客の名前を紙に書く

2 名前を書いた紙を客にわたす

3 客の名前を書いた紙をつくえの上にならべる

4 入り口につくえをならべる

6ばん

1 5番

2 8番

3 5番か8番

4 バスにはのらない

Check □1 □2 □3

7ばん

1 えき

2 ちゅうおうとしょかん

3 こうえん

4 えきまえとしょかん

もんだい 2

　もんだい2では、はじめに　しつもんを　きいて　ください。それから　はなしを
きいて、もんだいようしの　1から4の　なかから、いちばん　いい　ものを　ひとつ
えらんで　ください。

れい

1　自分の家

2　会社の近くのえき

3　レストラン

4　おかし屋

1ばん

1　0248—98—3025

2　0248—98—3026

3　0248—98—3027

4　0247—98—3026

回數

1

2

3

4

5

6

2ばん

1　5人

2　7人

3　8人

4　9人

3ばん

1　こうえん

2　こどものへや

3　がっこう

4　デパート

4ばん

1　34ページ全部と35ページ全部

2　34ページの1・2番と35ページの1番

3　34ページの3番と35ページの2番

4　34ページの2番と35ページの3番

Check □1 □2 □3

5ばん

1 1時間

2 1時間30分

3 2時間

4 3時間

6ばん

1 5人

2 7人

3 9人

4 10人

もんだい３

もんだい３では、えを　みながら　しつもんを　きいて　ください。

➡（やじるし）の　ひとは、なんと　いいますか。１から３の　なかから、いちばん　いい　ものを　ひとつ　えらんで　ください。

れい

1ばん

2ばん

3ばん

4ばん

5ばん

もんだい4

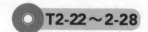

　もんだい4は、えなどが　ありません。ぶんを　きいて、1から3の　なかから、いちばん　いい　ものを　ひとつ　えらんで　ください。

― メモ ―

MEMO

文
字
・
語
彙

【測驗時間25分鐘】

第3回

言語知識（文字・語彙）

もんだい1 ＿＿の ことばは ひらがなで どう かきますか。1・2・3・4
から いちばん いい ものを ひとつ えらんで ください。

(れい) 大きな さかなが およいで います。

1 おおきな　　　　2 おきな　　　　3 だいきな　　　　4 たいきな

(かいとうようし)　(れい)　● ② ③ ④

---

1 長い じかん ねました。

1 みじかい　　　　2 ながい　　　　　　3 ひろい　　　　4 くろい

2 あなたは くだものでは 何が すきですか。

1 どれが　　　　2 なにが　　　　　　3 これが　　　　4 なんが

3 わたしは 自転車で だいがくに いきます。

1 じどうしゃ　　2 じてんしゃ　　3 じてんしや　　4 じでんしゃ

4 うちの ちかくに きれいな 川が あります。

1 かわ　　　　　2 かは　　　　　　3 やま　　　　　4 うみ

5 はこに おかしが 五つ はいって います。

1 ごつ　　　　　2 ごこ　　　　　　3 いつつ　　　　4 ごっつ

6 出口は あちらです。

1 でるくち　　　2 いりぐち　　　3 でくち　　　　4 でぐち

7 大人に　なったら、いろいろな　くにに　いきたいです。

　1　おとな　　　　　2　おおひと　　　　　3　たいじん　　　　4　せいじん

8 こたえは　全部　わかりました。

　1　ぜんぶ　　　　　2　ぜんたい　　　　　3　ぜいいん　　　　4　ぜんいん

9 暑い　まいにちですが、おげんきですか。

　1　さむい　　　　　2　あつい　　　　　　3　つめたい　　　　4　こわい

10 今月は　ほんを　3さつ　かいました。

　1　きょう　　　　　2　ことし　　　　　　3　こんげつ　　　　4　らいげつ

もんだい2 ＿＿の ことばは どう かきますか。1・2・3・4から いちばん
いい ものを ひとつ えらんで ください。

───────────────────────────────

(れい) わたしは あおい はなが すきです。

　　　1 草　　　　　2 花　　　　　3 化　　　　　4 芸

(かいとうようし)　(れい)　① ● ③ ④

───────────────────────────────

11 わたしは ちいさな あぱーとの 2かいに すんで います。

　1 アパート　　　2 アパト　　　3 アパトー　　　4 アパアト

12 ひとりで かいものに いきました。

　1 二人　　　　　2 一人　　　　3 一入　　　　4 日人

13 まいにち おふろに はいります。

　1 毎目　　　　　2 母見　　　　3 母日　　　　4 毎日

14 その くすりは ゆうはんの あとに のみます。

　1 葉　　　　　　2 薬　　　　　3 楽　　　　　4 草

15 ふゆに なると やまが ゆきで しろく なります。

　1 百く　　　　　2 黒く　　　　3 白く　　　　4 自く

16 てを あげて こたえました。

　1 手　　　　　　2 牛　　　　　3 毛　　　　　4 未

17 ちちも ははも げんきです。

　1 元木　　　　　2 元本　　　　3 見気　　　　4 元気

18 ごごから 友だちと えいがに 行きます。

　1 五後　　　　　2 午後　　　　3 後午　　　　4 五語

もんだい3　（　　　）に　なにを　いれますか。1・2・3・4から　いちばん
　　　　　　いい　ものを　ひとつ　えらんで　ください。

（れい）　へやの　なかに　くろい　ねこが　（　　　）。
　　　1　あります　　　2　なきます　　　3　います　　　4　かいます

　　（かいとうようし）　│（れい）│ ① ② ● ④ │

19　この　みせの　（　　　）は、とても　おいしいです。
　1　はさみ　　　　　2　えんぴつ　　　　　3　おもちゃ　　　　　4　パン

20　にくを　500（　　　）　かって、みんなで　たべました。
　1　クラブ　　　　　2　グラム　　　　　3　グラス　　　　　4　リットル

21　ふうとうに　きってを　はって、（　　　）に　いれました。
　1　ドア　　　　　2　げんかん　　　　　3　ポスト　　　　　4　はがき

22　あには　おんがくを　（　　　）　べんきょうします。
　1　ききながら　　　2　うちながら　　　3　あそびながら　　　4　ふきながら

23　おひるに　なったので、（　　　）を　たべました。
　1　さら　　　　　2　ゆうはん　　　　　3　おべんとう　　　　　4　テーブル

24　また　（　　　）の　にちようびに　あいましょう。
　1　らいねん　　　2　きょねん　　　3　きのう　　　4　らいしゅう

25　この　（　　　）は　とても　あついです。
　1　おちゃ　　　　2　みず　　　　3　ネクタイ　　　　4　えいが

26　かべに　ばらの　えが　（　　　）　います。
　1　かけて　　　　2　さがって　　　3　かかって　　　4　かざって

27 もんの　（　　　）で　子どもたちが　あそんで　います。

1　まえ

2　うえ

3　した

4　どこ

28 としょかんで　ほんを　（　　　）　かりました。

1　さんまい

2　さんぼん

3　みっつ

4　さんさつ

Check □1 □2 □3

もんだい4　＿＿の　ぶんと　だいたい　おなじ　いみの　ぶんが　あります。
　　　　　1・2・3・4から　いちばん　いい　ものを　ひとつ　えらんで
　　　　　ください。

(れい)　その　えいがは　つまらなかったです。

　1　その　えいがは　おもしろく　なかったです。

　2　その　えいがは　たのしかったです。

　3　その　えいがは　おもしろかったです。

　4　その　えいがは　しずかでした。

　　(かいとうようし)　│(れい)│ ● ② ③ ④ │

29　わたしの　だいがくは　すぐ　そこです。

　1　わたしの　だいがくは　すこし　とおいです。

　2　わたしの　だいがくは　すぐ　ちかくです。

　3　わたしの　だいがくは　かなり　とおいです。

　4　わたしの　だいがくは　この　さきです。

30　わたしは　まいばん　11じに　やすみます。

　1　わたしは　あさは　ときどき　11じに　ねます。

　2　わたしは　よるは　ときどき　11じに　ねます。

　3　わたしは　よるは　いつも　11じに　ねます。

　4　わたしは　あさは　いつも　11じに　ねます。

31　スケートは　まだ　じょうずでは　ありません。

　1　スケートは　やっと　じょうずに　なりました。

　2　スケートは　まだ　すきに　なれません。

　3　スケートは　また　へたに　なりました。

　4　スケートは　まだ　へたです。

32 おととし とうきょうで あいましたね。

1 ことし とうきょうで あいましたね。

2 2ねんまえ とうきょうで あいましたね。

3 3ねんまえ とうきょうで あいましたね。

4 1ねんまえ とうきょうで あいましたね。

33 まだ あかるい ときに いえを でました。

1 くらく なる まえに いえを でました。

2 おくれないで いえを でました。

3 まだ あかるいので いえを でました。

4 くらく なったので いえを でました。

言語知識（文法）・読解

もんだい1　（　　　）に 何を 入れますか。1・2・3・4から いちばん
　　　　　 いい ものを 一つ えらんで ください。

（れい） これ （　　　） わたしの かさです。

　　　　1 は　　　　　2 を　　　　　3 や　　　　　4 に

（かいとうようし）　（れい）　● ② ③ ④

---

1 夜、わたしは 母（　　　） でんわを かけました。

　1 は　　　　　　2 に　　　　　　　3 の　　　　　　　4 が

2 朝は、トマト（　　　） ジュースを つくって のみます。

　1 で　　　　　　2 に　　　　　　　3 から　　　　　　4 や

3 A「女の学生は （　　　） だれと 食事に 行きますか。」
　 B「中学の ときの 大好きな 先生です。」

　1 きのう　　　　2 おととい　　　　3 さっき　　　　4 あした

4 A「この かさは だれ（　　　） かりたのですか。」
　 B「すずきさんです。」

　1 から　　　　　2 まで　　　　　　3 さえ　　　　　4 にも

5 わたしは 1年まえ にほんに （　　　）。

　1 行きます　　　　　　　　　　2 行きたいです
　3 来ました　　　　　　　　　　4 来ます

6 レストランへ 食事（　　　） 行きます。

　1 や　　　　　　2 で　　　　　　　3 を　　　　　　　4 に

7 やおやで くだもの（　　　） やさいを かいました。

1 も　　　　　　2 や　　　　　　　3 を　　　　　　4 など

8 わたしは いぬ（　　　） ねこも すきです。

1 も　　　　　　2 を　　　　　　　3 が　　　　　　4 の

9 行く（　　　） 行かないか、まだ わかりません。

1 と　　　　　　2 か　　　　　　　3 や　　　　　　4 の

10 つくえの 上には （　　　） ありません。

1 何でも　　　　2 だれも　　　　　3 何が　　　　　4 何も

11 母「しゅくだいは （　　　） おわりませんか。」

子ども「もう すこしで おわります。」

1 まだ　　　　　2 もう　　　　　　3 ずっと　　　　4 さらに

12 この みせの ラーメンは、（　　　） おいしいです。

1 やすくて　　　2 やすい　　　　　3 やすいので　　4 やすければ

13 あの こうえんは （　　　） ひろいです。

1 しずかでは　　　　　　　　　　2 しずかだ

3 しずかに　　　　　　　　　　　4 しずかで

14 すみませんが、この てがみを あなたの おねえさん（　　　） わたして
ください。

1 が　　　　　　2 を　　　　　　　3 に　　　　　　4 で

15 いもうとは （　　　） うたを うたいます。

1 じょうずに　　　　　　　　　　2 じょうずだ

3 じょうずなら　　　　　　　　　4 じょうずの

16 A「どうして もう すこし はやく （　　　）。」

B「あしが いたいんです。」

1　あるきます

2　あるきたいのですか

3　あるかないのですか

4　あるくと

もんだい2 ___★___ に 入る ものは どれですか。1・2・3・4から いちばん
いい ものを 一つ えらんで ください。

（もんだいれい）

A「_____ _____ _★_ _____か。」
B「あの かどを まがった ところです。」

1 どこ　　　2 こうばん　　　3 は　　　4 です

（こたえかた）

1. ただしい 文を つくります。

> A「_____ _____ _★_ _____か。」
> 　　2 こうばん　　3 は　　　1 どこ　　4 です
> B「あの かどを まがった ところです。」

2. ___★___ に 入る ばんごうを くろく ぬります。

（かいとうようし）　(れい)　● ② ③ ④

---

17 （本屋で）
　　山田「りょこうの 本は どこに ありますか。」
　　店員「_____ _____ _★_ _____ あります。」

1 2ばんめに　　2 上から　　　3 むこうの　　　4 本だなの

18 学生「テストの 日には、_____ _____ _____ _★_か。」
　　先生「えんぴつと けしゴムだけで いいです。」

1 を　　　　2 もって　　　3 何　　　　4 きます

19 A「＿＿＿＿　＿★＿＿　＿＿＿＿　＿＿＿＿　公園は　ありますか。」

　　B「はい、とても　ひろい　公園が　あります。」

　1　家の　　　　　　2　の　　　　　　　　3　あなた　　　　4　近くに

20 A「日曜日には　どこかへ　行きましたか。」

　　B「いいえ。＿＿＿＿　＿＿＿＿　＿★＿＿　＿＿＿＿でした。」

　1　行きません　　　2　も　　　　　　　　3　どこ　　　　　4　へ

21 A「スポーツでは　なにが　すきですか。」

　　B「野球も　＿★＿＿　＿＿＿＿　＿＿＿＿　＿＿＿＿よ。」

　1　すきですし　　　2　も　　　　　　　　3　サッカー　　　4　すきです

もんだい３　　22　から　26　に　何を　入れますか。ぶんしょうの　いみを　かんがえて、１・２・３・４から　いちばん　いい　ものを　一つ　えらんで　ください。

日本で　べんきょうして　いる　学生が、「日曜日に　何を　するか」について、クラスの　みんなに　話しました。

　　わたしは、日曜日は　いつも　朝　早く　おきます。へや　22　そうじや　せんたくが　おわってから、近くの　こうえんを　さんぽします。こうえんは、とても　23　、大きな　木が　何本も　24　。きれいな　花も　たくさん　さいて　います。

　　ごごは、としょかんに　行きます。そこで、３時間ぐらい　ざっしを　読んだり、べんきょうを　25　します。としょかんから　帰る　ときに　夕飯の　やさいや　肉を　買います。夕飯は　テレビを　26　、一人で　ゆっくり　食べます。

　　夜は、２時間ぐらい　べんきょうを　して、早く　ねます。

22

1　や　　　　　2　の　　　　　3　を　　　　　4　に

23

1　ひろくで　　2　ひろいで　　3　ひろい　　　4　ひろくて

24

1　います　　　2　いります　　3　あるます　　4　あります

25

1　したり　　　2　して　　　　3　しないで　　4　また

26

1　見たり　　　2　見ても　　　3　見ながら　　4　見に

もんだい4 つぎの (1)から (3)の ぶんしょうを 読んで、しつもんに こた
えて ください。こたえは、1・2・3・4から いちばん いい
ものを 一つ えらんで ください。

(1)

わたしは 学校の かえりに、妹と びょういんに 行きました。そぼが びょ
うきを して びょういんに 入って いるのです。

そぼは、ねて いましたが、夕飯の 時間に なると おきて、げんきに ご
はんを 食べて いました。

27 「わたし」は、学校の かえりに 何を しましたか。

1 びょうきを して、びょういんに 行きました。

2 妹を びょういんに つれて 行きました。

3 びょういんに いる びょうきの そぼに 会いに 行きました。

4 びょういんで 妹と 夕飯を 食べました。

(2)

　わたしの　つくえの　上の　*すいそうの　中には、さかなが　います。くろくて　大きな　さかなが　2ひきと、しろくて　小さな　さかなが　3びきです。すいそうの　中には　小さな　石と、*水草を　3本　入れて　います。

*すいそう：魚などを入れるガラスのはこ。
*水草：水の中にある草。

28　「わたし」の　すいそうは　どれですか。

(3)

ゆきこさんの　つくえの　上^{うえ}に、田中^{たなか}さんからの　メモが　あります。

回数

1

2

3

4

5

6

ゆきこさん
　母^{はは}が　かぜを　ひいて、しごとを　休^{やす}んで　いるので、明日^{あした}は
パーティーに　行^いく　ことが　できなく　なりました。わたしは、
今日^{きょう}、7時^じには　家^{いえ}に　帰^{かえ}るので、電話^{でんわ}を　して　ください。

田中^{たなか}

29　ゆきこさんは、5時^じに　家^{いえ}に　帰^{かえ}りました。何^{なに}を　しますか。

1　田中^{たなか}さんからの　電話^{でんわ}を　まちます。

2　7時^じすぎに　田中^{たなか}さんに　電話^{でんわ}を　します。

3　すぐ　田中^{たなか}さんに　電話^{でんわ}を　します。

4　7時^じごろに　田中^{たなか}さんの　家^{いえ}に　行^いきます。

もんだい5　つぎの　ぶんしょうを　読んで、しつもんに　こたえて　ください。
　　　　　こたえは、1・2・3・4から　いちばん　いい　ものを　一つ
　　　　　えらんで　ください。

　　わたしは、まいにち　歩いて　学校に　行きます。けさは、おそく　おきたので、
朝ごはんも　食べないで　家を　出ました。しかし、学校の　近くまで　きた　と
き、けいたい電話を　わすれた　ことに　*気が　つきました。わたしは、走って
家に　とりに　帰りました。けいたい電話は、へやの　つくえの　上に　ありま
した。
　　時計を　見ると、8時38分です。じゅぎょうに　おくれるので、じてんしゃで
行きました。そして、8時46分に　きょうしつに　入りました。いつもは、8時
45分に　じゅぎょうが　はじまりますが、その　日は　まだ　はじまって　いま
せんでした。

*気がつく：わかる。

30　学校の　近くで、「わたし」は、何に　気が　つきましたか。
　1　朝ごはんを　食べて　いなかった　こと
　2　けいたい電話を　家に　わすれた　こと
　3　けいたい電話は　つくえの　上に　ある　こと
　4　走って　行かないと　じゅぎょうに　おくれる　こと

31　「わたし」は、何時何分に　きょうしつに　入りましたか。
　1　8時38分
　2　8時40分
　3　8時45分
　4　8時46分

Check　□1　□2　□3

もんだい6　つぎの　ページを　見て、下の　しつもんに　こたえて　ください。

こたえは、1・2・3・4から　いちばん　いい　ものを　一つ　え

らんで　ください。

32　山中さんは、7月から　アパートを　かりて、ひとりで　くらします。＊すい

はんきと　＊トースターを　同じ日に　安く　買うには　いつが　いいですか。

山中さんは、仕事が　あるので、店に　行くのは　土曜日か　日曜日です。

＊すいはんき：ご飯を作るのに使います。

＊トースター：パンをやくのに使います。

1　7月16日ごぜん10時
2　7月17日ごぜん10時
3　7月18日ごご6時
4　7月19日ごご6時

オオシマ電気店
７月はこれが安い！

７月中安い！（７月１日〜31日）

せんぷうき

エアコン

７日だけ安い！

７月16日（木）	７月17日（金）	７月18日（土）	７月19日（日）
トースター ジューサー	すいはんき せんたくき	パソコン ドライヤー	トースター デジタルカメラ

決まったじかんだけ安い！

７月15〜18日ごぜん10時 ／ ７月18・19日ごご6時

トースター せんたくき

すいはんき れいぞうこ

聴解

もんだい 1

　もんだい1では、はじめに　しつもんを　きいて　ください。それから　はなしを
きいて、もんだいようしの　1から4の　なかから、いちばん　いい　ものを　ひとつ
えらんで　ください。

れい

1ばん

2ばん

1 一日中、寝ます

2 掃除や洗濯をします

3 買い物に行きます

4 宿題をします

Check □1 □2 □3

3ばん

1　かさをもって、3時ごろに帰ります

2　かさをもって、5時ごろに帰ります

3　かさをもたないで、3時ごろに帰ります

4　かさをもたないで、5時ごろに帰ります

4ばん

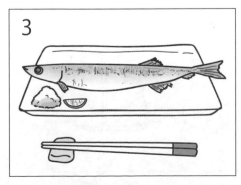

5ばん

1 コーヒーだけ

2 コーヒーとお茶

3 コーヒーとさとう

4 コーヒーとミルク

6ばん

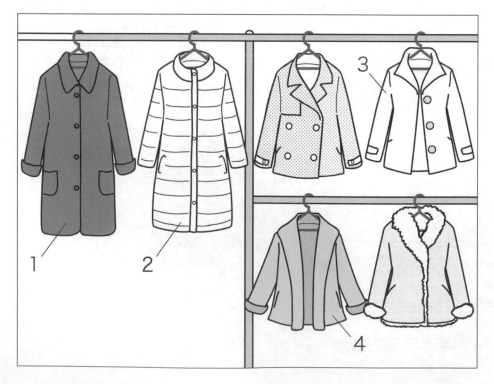

7ばん

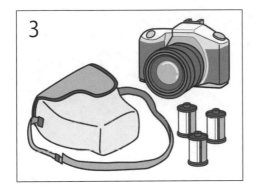

もんだい 2

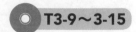

もんだい2では、はじめに　しつもんを　きいて　ください。それから　はなしを　きいて、もんだいようしの　1から4の　なかから、いちばん　いい　ものを　ひとつ　えらんで　ください。

れい

1　自分の家

2　会社の近くのえき

3　レストラン

4　おかし屋

1ばん

1 ボールペン

2 万年筆

3 切手

4 ふうとう

2ばん

1 5キロメートル

2 10キロメートル

3 15キロメートル

4 20キロメートル

3ばん

1　1年前
2　2年前
3　3年前
4　4年前

4ばん

1　ながさわさん
2　一人で出かけます
3　かとうさん
4　しゃちょう

5ばん

1 本屋のそばのきっさてん
2 まるみやしょくどう
3 大学のしょくどう
4 大学のきっさてん

6ばん

1 しゅくだいをしました
2 海でおよぎました
3 海のしゃしんをとりました
4 海の近くのしょくどうでさかなを食べました

もんだい３

　もんだい３では、えを　みながら　しつもんを　きいて　ください。

➡（やじるし）の　ひとは、なんと　いいますか。１から３の　なかから、
いちばん　いい　ものを　ひとつ　えらんで　ください。

れい

1ばん

2ばん

3ばん

4ばん

Check ☐1 ☐2 ☐3

5ばん

もんだい４

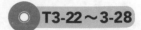

　もんだい４は、えなどが　ありません。ぶんを　きいて、１から３の　なかから、いちばん　いい　ものを　ひとつ　えらんで　ください。

― メモ ―

MEMO

答對：

／33 題

第 4 回
<small>だい　かい</small>

言語知識（文字・語彙）

もんだい1　＿＿の　ことばは　ひらがなで　どう　かきますか。1・2・3・4
から　いちばん　いい　ものを　ひとつ　えらんで　ください。

（れい）　大きな　さかなが　およいで　います。

　　1　おおきな　　　2　おきな　　　3　だいきな　　　4　たいきな

　　（かいとうようし）　（れい）　● ② ③ ④

1　りんごを　二つ　食べました。

　　1　ひとつ　　　　2　ふたつ　　　　3　みっつ　　　　4　につ

2　タクシーを　呼んで　くださいませんか。

　　1　よんで　　　　2　かんで　　　　3　てんで　　　　4　さけんで

3　南へ　まっすぐ　すすみます。

　　1　ひがし　　　　2　にし　　　　　3　みなみ　　　　4　きた

4　三日までに　ここに　きて　ください。

　　1　みつか　　　　2　さんか　　　　3　みっか　　　　4　さんじつ

5　あなたの　へやは　とても　広いですね。

　　1　せまい　　　　2　きれい　　　　3　ひろい　　　　4　たかい

6　写真を　とります。「はい、チーズ。」

　　1　しゃじん　　2　しやしん　　　3　しゃかん　　　4　しゃしん

7 池の なかで あかい さかなが およいで います。

1 いけ　　　　　2 うみ　　　　　　3 かわ　　　　　　4 みずうみ

8 にほんでは、ひとは 道の みぎがわを あるきます。

1 まち　　　　　2 どうろ　　　　　3 せん　　　　　　4 みち

9 その 角を まがって まっすぐに いった ところが、わたしの がっこうです。

1 かく　　　　　2 かど　　　　　　3 つの　　　　　　4 みせ

10 わたしは 細い ズボンが すきです。

1 すくない　　　2 こまかい　　　　3 ほそい　　　　　4 ふとい

もんだい2 ＿＿の ことばは どう かきますか。1・2・3・4から いちばん
いい ものを ひとつ えらんで ください。

(れい) わたしは あおい はなが すきです。

　　1 草　　　　　2 花　　　　　3 化　　　　　4 芸

(かいとうようし)　(れい)　① ● ③ ④

---

11 ネクタイの みせの まえに えれべーたーが あります。

　1 エルベーター　　　　　　　　2 えれベーター

　3 エレベター　　　　　　　　　4 エレベーター

12 おちゃは テーブルの うえに あります。

　1 お水　　　　　2 お茶　　　　　3 お草　　　　　4 お米

13 ドアを あけて なかに はいって ください。

　1 開けて　　　　2 閉けて　　　　3 問けて　　　　4 門けて

14 やまの うえから いわが おちて きました。

　1 石　　　　　2 岩　　　　　3 岸　　　　　4 炭

15 となりの むらまで あるいて いきました。

　1 材　　　　　2 森　　　　　3 村　　　　　4 林

16 わたくしは 田中と もうします。

　1 申します　　　2 甲します　　　3 田します　　　4 思します

17 りんごを はんぶんに きって ください。

　1 牛分　　　　2 半今　　　　3 羊今　　　　4 半分

18 えきは わたしの いえから ちかいです。

　1 低いです　　　2 近いです　　　3 遠いです　　　4 道いです

もんだい3　（　　　）に　なにを　いれますか。1・2・3・4から　いちばん
　　　　　いい　ものを　ひとつ　えらんで　ください。

（れい）　へやの　なかに　くろい　ねこが　（　　　）。
　　　1　あります　　　2　なきます　　　3　います　　　4　かいます

　　　（かいとうようし）　| （れい） | ① ② ● ④ |
　　　　　　　　　　　　　　　　| --- | --- |

19　あるくと　おそく　なるので、　（　　　）で　行きます。
　　1　ちかく　　　　　2　タクシー　　　　3　ズボン　　　　4　ワイシャツ

20　おばは　ちいさくて　かわいいので、（　　　）　みえます。
　　1　わかく　　　　　2　おおきく　　　　3　あつく　　　　4　ふとって

21　たべた　あとは、すぐ　はを　（　　　）。
　　1　あらいます　　2　ふきます　　　3　みがきます　　　4　ぬきます

22　わたしの　いえには　くるまが　3（　　　）　あります。
　　1　だい　　　　　2　ぼん　　　　　3　き　　　　　4　こ

23　わからない　ときは、いつでも　わたしに　（　　　）　ください。
　　1　つくって　　　2　はじめて　　　3　きいて　　　　4　わかって

24　この　カメラは　ふるいので、もっと　（　　　）　ほしいです。
　　1　すきなのが　　　　　　　　　　2　たかいのが
　　3　ただしいのが　　　　　　　　　4　あたらしいのが

25　ことばの　いみを　しらべたいので、（　　　）を　かして　ください。
　　1　じしょ　　　　　2　がくふ　　　　3　ちず　　　　　4　はさみ

26　なつは　まいにち　シャワーを　（　　　）。
　　1　はいります　　2　かぶります　　　3　あびます　　　4　かけます

27 うちの　ペットは、ちいさな　（　　　）です。

1　いぬ　　　　　　2　くるま　　　　　　3　はな　　　　　　4　いす

28 さいふが　ゆうびんきょくの　（　　）　おちて　います。

1　したに
2　なかに
3　まえに
4　うえに

もんだい4 ＿＿の ぶんと だいたい おなじ いみの ぶんが あります。

1・2・3・4から いちばん いい ものを ひとつ えらんで ください。

（れい） その えいがは つまらなかったです。

1 その えいがは おもしろく なかったです。

2 その えいがは たのしかったです。

3 その えいがは おもしろかったです。

4 その えいがは しずかでした。

（かいとうようし）　| （れい）| ● ② ③ ④ |

---

29 1ねんに 1かいは うみに いきます。

1 1ねんに 2かいずつ うみに いきます。

2 まいとし 1かいは うみに いきます。

3 まいとし 2かいは うみに いきます。

4 1ねんに なんかいも うみに いきます。

30 けさ わたしは さんぽを しました。

1 きのうの よる わたしは さんぽを しました。

2 きょうの ゆうがた わたしは さんぽを しました。

3 きょうの あさ わたしは さんぽを しました。

4 わたしは あさは いつも さんぽを します。

31 父は、10ねんまえから ぎんこうに つとめて います。

1 父は、10ねんまえから ぎんこうを とおって います。

2 父は、10ねんまえから ぎんこうを つかって います。

3 父は、10ねんまえから ぎんこうの ちかくに すんで います。

4 父は、10ねんまえから ぎんこうで はたらいて います。

---

32 わたしは　いつも　げんきです。

1　わたしは　よく　びょうきを　します。

2　わたしは　あまり　びょうきを　しません。

3　わたしは　げんきでは　ありません。

4　わたしは　きが　よわいです。

33 ほんは　あさってまでに　かえします。

1　ほんは　あしたまでに　かえします。

2　ほんは　らいしゅうまでに　かえします。

3　ほんは　三日あとまでに　かえします。

4　ほんは　二日あとまでに　かえします。

Check □1 □2 □3

もんだい1 （　　）に　何を　入れますか。1・2・3・4から　いちばん
いい　ものを　一つ　えらんで　ください。

（れい）　これ（　　）　わたしの　かさです。

　　　1　は　　　　　2　を　　　　　3　や　　　　4　に

（かいとうようし）　| （れい） | ● ②③④ |

1　あしたの　パーティーには、お友だち（　　）　いっしょに　来て　くださ
いね。

　1　は　　　　　2　も　　　　　　3　を　　　　　4　に

2　東（　　）　あるいて　いくと、えきに　つきます。

　1　へ　　　　　2　から　　　　　3　を　　　　　4　や

3　A「きょう（　　）　あなたの　たんじょうびですか。」
　　B「そうです。8月13日です。」

　1　も　　　　　2　まで　　　　　3　から　　　　4　は

4　こんなに　むずかしい　もんだいは　だれ（　　）　できません。

　1　も　　　　　2　まで　　　　　3　さえ　　　　4　が

5　この　にくは　高いので、少し（　　）　買いません。

　1　は　　　　　2　の　　　　　　3　しか　　　　4　より

6　A「とても（　　）　夜ですね。」
　　B「そうですね。庭で　虫が　ないて　います。」

　1　しずかなら　　2　しずかに　　　3　しずかだ　　　4　しずかな

7 A「あなたは　どこの　くにに　行きたいですか。」

B「スイス（　　　）オーストリアに　行きたいです。」

1　に　　　　　　　2　か　　　　　　　3　へ　　　　　　　4　も

8 さむいので、あしたは　ゆきが　（　　　）。

1　ふるでしょう　　　　　　　　　　2　ふりでしょう

3　ふるです　　　　　　　　　　　　4　ふりました

9 すずしく　なると、うみ（　　　）　およげません。

1　へ　　　　　　2　で　　　　　　3　から　　　　　4　に

10 A「あなたは　ひとつきに　なんさつ　ざっしを　かいますか。」

B「ざっしは　あまり　（　　　）。」

1　かいたいです　　　　　　　　　　2　かいます

3　3さつぐらいです　　　　　　　　4　かいません

11 A「これは　だれの　本ですか。」

B「山口くん（　　　）です。」

1　の　　　　　　2　へ　　　　　　3　が　　　　　　4　に

12 A「10時までに　東京に　つきますか。」

B「ひこうきが　おくれて　いるので、（　　　）10時までには　つかないで

しょう。」

1　どうして　　　　2　たぶん　　　　3　もし　　　　　4　かならず

13 中山「大田さん、その　バッグは　きれいですね。まえから　もって　いま

したか。」

大田「いえ、先週　（　　　）。」

1　かいます　　　　　　　　　　　　2　もって　いました

3　ありました　　　　　　　　　　　4　かいました

14 A「こんど　いっしょに　山（やま）に　のぼりませんか。」

　　B「いいですね。いっしょに　（　　　）。」

　　1　のぼるでしょう　　　　　　　　　2　のぼりましょう

　　3　のぼりません　　　　　　　　　　4　のぼって　います

15 はがきは　かって　（　　　）ので、どうぞ　つかって　ください。

　　1　やります　　　2　ください　　　　3　あります　　　　4　おかない

16 夜（よる）の　そらに　丸（まる）い　月（つき）が　でて　（　　　）。

　　1　いきます　　　2　あります　　　3　みます　　　4　います

もんだい2 　 __★__ に 入る ものは どれですか。1・2・3・4から いちばん いい ものを 一つ えらんで ください。

（もんだいれい）

A「____ _____ __★__ ____か。」

B「あの かどを まがった ところです。」

1 どこ 　　　 2 こうばん 　　　 3 は 　　　 4 です

（こたえかた）

1. ただしい 文を つくります。

A「_____ _____ __★__ _____か。」

　 2 こうばん 　　 3 は 　　 1 どこ 　　 4 です

B「あの かどを まがった ところです。」
---

2. __★__ に 入る ばんごうを くろく ぬります。

（かいとうようし） | （れい） | ● ② ③ ④ |

---

17 中山「リンさんは 休みの 日には 何を して いますか。」

リン「そうですね、たいてい____ __★__ ____ ____。」

　 1 います 　　 2 して 　　 3 を 　　　　 4 ゴルフ

18 （八百屋で）

大島「その ____ __★__ ____ ____ ください。」

店の人「はい、どうぞ。」

　 1 を 　　　 2 赤い 　　 3 5こ 　　　　 4 りんご

19 A「お兄^{にい}さんは　おげんきですか。」

B「はい、とても＿＿＿＿　＿＿＿＿　★　＿＿＿＿　行って　います。」

1　げんき　　　　　　2　大学^{だいがく}　　　　　　3　で　　　　　　　　4　に

20 つくえの　上^{うえ}に　＿＿＿＿　＿＿＿＿　★　＿＿＿＿　あります。

1　など　　　　　　2　本^{ほん}や　　　　　　3　が　　　　　　　　4　ノート

21（パン屋^やで）

女の人^{おんな ひと}「＿＿＿＿　★　＿＿＿＿　＿＿＿＿　ありますか。」

店の人^{みせ ひと}「ありますよ。」

1　パン　　　　　　2　おいしい　　　　　3　は　　　　　　　　4　やわらかくて

もんだい3 　22 から 26 に 何を 入れますか。ぶんしょうの いみを かんがえて、1・2・3・4から いちばん いい ものを 一つ えらんで ください。

日本で べんきょうして いる 学生が、「わたしの かぞく」に ついて ぶんしょうを 書いて、クラスの みんなの 前で 読みました。

　　わたしの かぞくは、両親、わたし、妹の 4人です。父は 警官で、毎日 おそく 22 仕事を して います。日曜日も あまり 家に 23 。母は、料理が とても じょうずです。母が 作る グラタンは かぞく みんなが おいしいと 言います。国に 帰ったら、また 母の グラタンを 24 です。

　　妹が 大きく なったので、母は 近くの スーパーで 仕事を 25 。妹は 中学生ですが、小さい ころから ピアノを 習って いますので、今では わたし 26 じょうずに ひきます。

22

1 だけ 　　　　2 て 　　　　　3 まで 　　　　4 から

23

1 いません 　　2 います 　　　3 あります 　　4 ありません

24

1 食べる 　　　2 食べてほしい 　3 食べたい 　　4 食べた

25

1 やめました 　　　　　　　　2 はじまりました

3 やすみました 　　　　　　　4 はじめました

26

1 では 　　　　2 より 　　　　3 でも 　　　　4 だけ

もんだい4 つぎの (1)から (3)の ぶんしょうを 読んで、しつもんに こた
えて ください。こたえは、1・2・3・4から いちばん いい
ものを 一つ えらんで ください。

(1)

　今日は、午前中で 学校の テストが 終わったので、昼ごはんを 食べた
あと、いえに かえって ピアノの れんしゅうを しました。明日は、友だち
が わたしの うちに 来て、いっしょに テレビを 見たり、音楽を 聞いた
り します。

27 「わたし」は、今日の 午後、何を しましたか。
1 学校で テストが ありました。
2 ピアノを ひきました。
3 友だちと テレビを 見ました。
4 友だちと 音楽を 聞きました。

(2)

　わたしの　かぞくは、まるい　テーブルで　食事を　します。父は、大きな　いすに　すわり、父の　右側に　わたし、左側に　弟が　すわります。父の　前には、母が　すわり、みんなで　楽しく　話しながら　食事を　します。

28　「わたし」の　かぞくは　どれですか。

Check □1 □2 □3

(3)

中田くんの 机の 上に 松本先生の メモが ありました。

中田くん

　明日の じゅぎょうで つかう この 地図を 50枚 コピーして ください。24枚は クラスの 人に 1枚ずつ わたして ください。あとの 26枚は、先生の 机の 上に のせて おいて ください。

松本

29 中田くんは、地図を コピーして クラスの みんなに わたした あと、 どう しますか。

1 26枚を いえに もって 帰ります。
2 26枚を 先生の 机の 上に のせて おきます。
3 みんなに もう 1枚ずつ わたします。
4 50枚を 先生の 机の 上に のせて おきます。

もんだい5　つぎの　ぶんしょうを　読んで、しつもんに　こたえて　ください。
　　　　　こたえは、1・2・3・4から　いちばん　いい　ものを　一つ　え
　　　　　らんで　ください。

　昨日は、そぼの　たんじょうびでした。そぼは、父の　お母さんで、もう、90
歳に　なるのですが、とても　元気です。両親が　仕事に、わたしと　弟が　学校
に　行った　あと、毎日　家で　そうじや　せんたくを　したり、晩ご飯を　作っ
たり　して、はたらいて　います。
　母は　晩ご飯に　そぼの　すきな　りょうりを　作りました。父は、新しい　ラ
ジオを　プレゼントしました。わたしと　弟は、ケーキを　買って　きて、ろう
そくを　9本　立てました。
　そぼは　お酒を　少し　のんだので、赤い　顔を　して　いましたが、とても、
うれしそうでした。これからも　ずっと　元気で　いて　ほしいです。

[30]　そぼの　たんじょうびに、父は　何を　しましたか。

1　そぼの　すきな　りょうりを　作りました。
2　新しい　ラジオを　プレゼントしました。
3　たんじょうびの　ケーキを　買いました。
4　そぼが　すきな　お酒を　買いました。

[31]　わたしと　弟は　ケーキを　買って　きて、どう　しましたか。

1　ケーキを　切りました。
2　ケーキに　立てた　ろうそくに　火を　つけました。
3　ケーキに　ろうそくを　90本　立てました。
4　ケーキに　ろうそくを　9本　立てました。

もんだい6　下の　お知らせを　見て、下の　しつもんに　こたえて　ください。
こたえは、1・2・3・4から　いちばん　いい　ものを　一つ　えらんで　ください。

32　吉田さんが　午後6時に　家に　帰ると、下の　お知らせが　とどいて　いました。
　あしたの　午後6時すぎに　荷物を　とどけて　ほしい　ときは、 0120 ─○××─△×× に　電話を　して、何ばんの　番号を　おしますか。

1　06124　　　2　06123　　　　3　06133　　　　4　06134

○

お 知 ら せ

やまねこたくはいびん

吉田様
　6月12日午後3時に　荷物を　とどけに　きましたが、だれも　いませんでした。また　とどけに　来ますので、下の　電話番号に　電話を　して、とどけて　ほしい　日と　時間の　番号を、おして　ください。

電話番号0120─○××─△××

○とどけて　ほしい　日
　番号を　4つ　おします。
　れい　3月15日　⇒　0315

○とどけて　ほしい　時間
　下から　えらんで、その　番号を　おして　ください。
　【1】午前中
　【2】午後1時～3時
　【3】午後3時～6時
　【4】午後6時～9時

　れい　3月15日の　午後3時から　6時までに　とどけて　ほしい　とき。
　⇒ 03153

T4-1 ～ 4-8

もんだい1

　もんだい1では、はじめに　しつもんを　きいて　ください。それから　はなしを　きいて、もんだいようしの　1から4の　なかから、いちばん　いい　ものを　ひとつ　えらんで　ください。

れい

Check □1 □2 □3

1 ばん

1 	2 
3 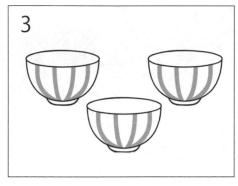	4 

2 ばん

1 ほんやに行きます

2 まんがやざっしなどを読みます

3 せんせいにききます

4 としょかんに行きます

3ばん

1　7月7日

2　7月10日

3　8月10日

4　8月13日

4ばん

1　10じ

2　12じ

3　13じ

4　14じ

5ばん

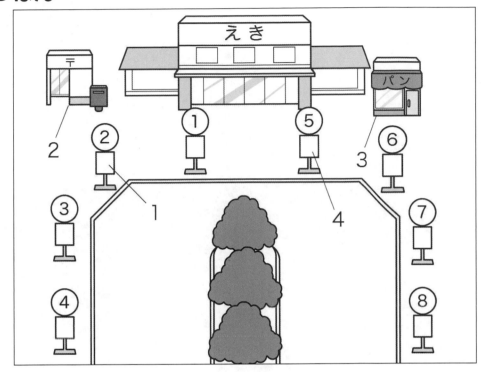

6ばん

1　コート

2　マスク

3　ぼうし

4　てぶくろ

7ばん

1　6こ

2　10こ

3　12こ

4　16こ

Check □1 □2 □3

もんだい 2

もんだい 2 では、はじめに　しつもんを　きいて　ください。それから　はなしを
きいて、もんだいようしの　1から4の　なかから、いちばん　いい　ものを　ひとつ
えらんで　ください。

れい

1　自分の家

2　会社の近くのえき

3　レストラン

4　おかし屋

1ばん

2ばん

1 およぐのがすきだから

2 さかながおいしいから

3 すずしいから

4 いろいろなはながさいているから

3ばん

4ばん

1　まいにち

2　かようびのごご

3　しごとがおわったあと

4　ときどき

5ばん

1 せんたくをしました
2 へやのそうじをしました
3 きっさてんにいきました
4 かいものをしました

6ばん

1 大
2 太
3 犬
4 天

もんだい3

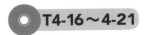

もんだい3では、えを　みながら　しつもんを　きいて　ください。

➡（やじるし）の　ひとは、なんと　いいますか。1から3の　なかから、いちばん　いい　ものを　ひとつ　えらんで　ください。

れい

1ばん

2ばん

3ばん

4ばん

5ばん

もんだい４

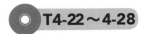

もんだい４は、えなどが　ありません。ぶんを　きいて、１から３の　なかから、いちばん　いい　ものを　ひとつ　えらんで　ください。

― メモ ―

文
字
・
語
彙

【測驗時間25分鐘】

第5回

言語知識（文字・語彙）

もんだい1　＿＿＿の　ことばは　ひらがなで　どう　かきますか。1・2・3・4
から　いちばん　いい　ものを　ひとつ　えらんで　ください。

(れい)　大きな　さかなが　およいで　います。

　　1　おおきな　　　2　おきな　　　3　だいきな　　　4　たいきな

　　(かいとうようし)　(れい)　● ② ③ ④

---

1 まいあさ、たいしかんの　まわりを　散歩します。

　　1　さんぼう　　　2　さんほ　　　3　さんぽ　　　4　さんぼ

2 両親は　がっこうの　せんせいです。

　　1　りょおおや　　2　りょうしん　　3　りょしん　　4　りょうおや

3 わたしには　九つに　なる　おとうとが　います。

　　1　きゅうつ　　　2　ここのつ　　　3　くつ　　　　4　やっつ

4 くるまは　みちの　左側を　はしります。

　　1　みぎがわ　　　2　にしがわ　　　3　きたがわ　　　4　ひだりがわ

5 まいにち　牛乳を　のみます。

　　1　ぎゅうにゅ　　2　ぎゅうにゆう　　3　ぎゅうにゅう　　4　ぎゆうにゅう

6 赤い　ネクタイを　しめます。

　　1　あおい　　　2　しろい　　　3　ほそい　　　4　あかい

7 いま <u>4時</u>15 ふんです。

1 よんじ　　　　2 よじ　　　　　　3 しじ　　　　　4 よし

8 そこで <u>待って</u> いて ください。

1 たって　　　　2 もって　　　　　3 かって　　　　4 まって

9 がっこうの <u>横</u>には ちいさな こうえんが あります。

1 まえ　　　　　2 よこ　　　　　　3 そば　　　　　4 うしろ

10 とても <u>楽しく</u> なりました。

1 うれしく　　　2 ただしく　　　　3 たのしく　　　　4 さびしく

もんだい2 ＿＿の ことばは どう かきますか。1・2・3・4から いちば
ん いい ものを ひとつ えらんで ください。

（れい） わたしは あおい はなが すきです。

1 草　　　　　2 花　　　　　3 化　　　　　4 芸

（かいとうようし）　（れい）　① ● ③ ④

11 あつく なったので、しゃつを ぬぎました。

1 ツャシ　　　2 シャン　　　3 シャツ　　　4 シヤツ

12 りょこうの ことを さくぶんに かきました。

1 昨人　　　2 作文　　　3 昨文　　　4 作分

13 あかるい へやで ほんを よみました。

1 朋るい　　　2 暗るい　　　3 赤るい　　　4 明るい

14 めがねは 6かいの みせに あります。

1 6院　　　2 6階　　　3 6皆　　　4 6回

15 かわいい おんなのこが うまれました。

1 男の子　　　2 妹の子　　　3 女の子　　　4 母の子

16 つよい ちからで おしました。

1 強い　　　2 弱い　　　3 引い　　　4 勉い

17 そとは さむいですが、うちの なかは あたたかいです。

1 申　　　2 日　　　3 甲　　　4 中

18 わたしは さかなの りょうりが すきです。

1 漁　　　2 魚　　　3 鳥　　　4 肉

もんだい3 （　　　）に　なにを　いれますか。1・2・3・4から　いちばん
　　　　いい　ものを　ひとつ　えらんで　ください。

（れい）　へやの　なかに　くろい　ねこが　（　　　）。
　　　1　あります　　　2　なきます　　　3　います　　　4　かいます

　　（かいとうようし）　　（れい）　①②●④

19　何か　（　　　）は　ありませんか。すこし　おなかが　すきました。
　1　よむもの　　　　2　のみもの　　　　3　かくもの　　　　4　たべもの

20　あたまが　いたいので、これから　（　　　）に　いきます。
　1　びょういん　　2　びよういん　　3　びょうき　　　　4　としょかん

21　たばこを　（　　　）　ひとが　すくなく　なりました。
　1　たべる　　　　2　はく　　　　　3　すう　　　　　4　ふく

22　なつ、そとに　でる　ときは、ぼうしを　（　　　）。
　1　かぶります　　2　はきます　　　3　きます　　　　4　つけます

23　わたしの　うちは、この　（　　　）を　まがって　すぐです。
　1　そば　　　　　2　かど　　　　　3　みぎ　　　　　4　まち

24　あさは、つめたい　みずで　かおを　（　　　）。
　1　かきます　　　2　ぬります　　　3　はきます　　　4　あらいます

25　かれは　友だちを　とても　（　　　）　して　います。
　1　たいせつに　　2　しずかに　　　3　にぎやかに　　　4　ゆうめいに

26　いもうとは　らいねんの　4がつに　5ねんせいに　（　　　）。
　1　のぼります　　2　なりました　　3　なります　　　4　します

27 （　　　）を　ひいたので、くすりを　のみました。

1　かぜ　　　　　　2　びょうき　　　　3　じしょ　　　　4　せん

28 そこで、くつを　（　　　）　なかに　はいって　ください。

1　はいて
2　すてて
3　かりて
4　ぬいで

Check □1 □2 □3

もんだい４　＿＿の　ぶんと　だいたい　おなじ　いみの　ぶんが　あります。1
　　　　　・2・3・4から　いちばん　いい　ものを　ひとつ　えらんで　く
　　　　　ださい。

(れい)　その　えいがは　つまらなかったです。

　1　その　えいがは　おもしろく　なかったです。

　2　その　えいがは　たのしかったです。

　3　その　えいがは　おもしろかったです。

　4　その　えいがは　しずかでした。

　　(かいとうようし)　┃(れい)┃　● ② ③ ④

29　わたしには　おとうとが　二人と　いもうとが　一人　います。

　1　わたしは　3人きょうだいです。

　2　わたしは　4人かぞくです。

　3　わたしは　2人きょうだいです。

　4　わたしは　4人きょうだいです。

30　でんきを　けさないで　ください。

　1　でんきを　けして　ください。

　2　でんきを　つけないで　ください。

　3　でんきを　つけて　いて　ください。

　4　でんきを　けしても　いいです。

31　こんなに　むずかしく　ない　こどもの　ほんは　ありますか。

　1　もっと　むずかしい　こどもの　ほんは　ありますか。

　2　こんなに　やさしく　ない　こどもの　ほんは　ありますか。

　3　もっと　りっぱな　こどもの　ほんは　ありますか。

　4　もっと　やさしい　こどもの　ほんは　ありますか。

32 いまは　あまり　いそがしく　ないです。

1 いまは　まだ　いそがしいです。

2 いまは　すこし　ひまです。

3 いまは　とても　いそがしいです。

4 いまは　まだ　ひまでは　ありません。

33 二日まえ　ははから　でんわが　ありました。

1 おととい　ははから　でんわが　ありました。

2 あさって　ははから　でんわが　ありました。

3 いっしゅうかんまえ　ははから　でんわが　ありました。

4 きのう　ははから　でんわが　ありました。

言語知識（文法）・読解

もんだい1　（　　　）に　何_{なに}を　入_いれますか。1・2・3・4から　いちばん
　　　　　いい　ものを　一_{ひと}つ　えらんで　ください。

(れい)　これ（　　　）　わたしの　かさです。

　　　　1　は　　　　　2　を　　　　　3　や　　　　　4　に

　　　(かいとうようし)　┃(れい)┃　● ② ③ ④ ┃

1　これは　妹_{いもうと}（　　　）　作_{つく}った　ケーキです。

　　1　は　　　　　　2　が　　　　　　　3　へ　　　　　　　4　を

2　A「あなたの　くにでは、雪_{ゆき}が　ふりますか。」

　　B「（　　　）　ふりません。」

　　1　あまり　　　　2　ときどき　　　　3　よく　　　　　4　はい

3　A「パンの　（　　　）方_{かた}を　おしえて　くださいませんか。」

　　B「いいですよ。」

　　1　作_{つく}ら　　　　2　作_{つく}って　　　　3　作_{つく}る　　　　4　作_{つく}り

4　しんごうが　青_{あお}（　　　）　なりました。わたりましょう。

　　1　で　　　　　　2　い　　　　　　　3　に　　　　　　　4　へ

5　A「どんな　くだものが　すきですか。」

　　B「りんごも　みかん（　　　）　すきです。」

　　1　は　　　　　　2　を　　　　　　　3　も　　　　　　　4　が

6　いえの　前_{まえ}で　タクシー（　　　）　とめました。

　　1　が　　　　　　2　に　　　　　　　3　を　　　　　　　4　は

---

7 A「さあ、出かけましょう。」

B「あと、10分（　　　）まって　くださいませんか。」

1　ずつ　　　　　　2　だけ　　　　　　3　など　　　　　4　から

8 （　　　）ながら　けいたい電話を　かけるのは　やめましょう。

1　歩き　　　　　　2　歩く　　　　　　3　歩か　　　　　4　歩いて

9 A「ここから　学校（　　　）どれくらい　かかりますか。」

B「20分ぐらいです。」

1　へ　　　　　　　2　で　　　　　　　3　に　　　　　　4　まで

10 A「きょうしつには　だれか　いましたか。」

B「いえ、（　　　）いませんでした。」

1　だれか　　　　　2　どれも　　　　　3　だれも　　　　4　だれでも

11 A「なぜ　あなたは　新聞を　読まないのですか。」

B「朝は　いそがしい（　　　）です。」

1　から　　　　　　2　ほう　　　　　　3　まで　　　　　4　と

12 A「その　シャツは　（　　　）でしたか。」

B「2千円です。」

1　どう　　　　　　2　いくら　　　　　3　何　　　　　　4　どこ

13 これは、わたし（　　　）あなたへの　プレゼントです。

1　が　　　　　　　2　に　　　　　　　3　へ　　　　　　4　から

14 ねる　（　　　）はを　みがきましょう。

1　まえから　　　2　まえに　　　　3　のまえに　　　4　まえを

15 子どもは　あまい　もの（　　　）すきです。

1　が　　　　　　　2　に　　　　　　　3　だけ　　　　　4　や

16 山田「田上さん、きょうだいは？」

田上「兄は　います（　　　）、弟は　いません。」

1　から　　　　　2　ので　　　　　3　で　　　　　4　が

もんだい2 ___★___ に 入る ものは どれですか。1・2・3・4から いちばん
いい ものを 一つ えらんで ください。

（もんだいれい）

A「_____ _____ __★__ _____か。」
B「あの かどを まがった ところです。」
2 どこ 　　　 3 こうばん 　　　 1 は 　　　 4 です

（こたえかた）

1. ただしい 文を つくります。

A「_____ _____ ___★___ _____か。」
　　 2 こうばん 　　 3 は 　　 1 どこ 　　 4 です
B「あの かどを まがった ところです。」

2. ___★___ に 入る ばんごうを くろく ぬります。

（かいとうようし） （れい） ● ② ③ ④

17 A「あなたは、日本の たべもので どんな ものが すきですか。」
B「日本の たべもので _____ _____ __★__ _____ てんぷらです。」
　 1 は 　　　　 2 すきな 　　　　 3 わたしが 　　　 4 の

18 夕ご飯は _____ __★__ _____ _____ 食べます。
　 1 入った 　　　 2 に 　　　 3 あとで 　　　 4 おふろ

19 先生「きのうは、なぜ 休んだのですか。」
学生「朝、_____ __★__ _____ _____ からです。」
　 1 いたく 　　　 2 が 　　　 3 あたま 　　　 4 なった

20 _____ _____ ★ _____ あそびます。

　　1　して　　　　　　2　しゅくだい　　　3　を　　　　　　　　4　から

21　A「うちの　_____ _____ ★ _____よ。」

　　B「あら、うちの　ねこも　そうですよ。」

　　1　ねて　　　　　　2　一日中　　　　　　3　います　　　　　　4　ねこは

もんだい3　　22　　から　　26　　に　何を　入れますか。ぶんしょうの　いみを　かんがえて、1・2・3・4から　いちばん　いい　ものを　一つ　えらんで　ください。

日本で　べんきょうして　いる　学生が、「しょうらいの　わたし」に　ついて　ぶんしょうを　書いて、クラスの　みんなの　前で　読みました。

(1)

> 　わたしは、日本の　会社　22　　つとめて、ようふくの　デザインを　べんきょうする　つもりです。デザインが　じょうずに　なったら、国へ　帰って　よい　デザインで　23　　服を　24　です。

(2)

> 　ぼくは、5年間ぐらい、日本の　会社で　コンピューターの　仕事を　します。　25　　国に　帰って、国の　会社で　はたらきます。ぼく　26　　国に　帰るのを、両親も　きょうだいたちも　まって　います。

22

1　に　　　　　2　から　　　　　3　を　　　　　4　と

23

1　おいしい　　　2　安い　　　　　3　さむい　　　　　4　広い

24

1　作りましょう　2　作る　　　　　3　作ります　　　　4　作りたい

25

1　もう　　　　　2　しかし　　　　3　それから　　　　4　まだ

26

1　は　　　　　2　が　　　　　3　と　　　　　4　に

　　　　　　　　　　　　　　　　　　　　Check □1 □2 □3

もんだい4 つぎの (1)から (3)の ぶんしょうを 読んで、しつもんに こた
えて ください。こたえは、1・2・3・4から いちばん いい
ものを 一つ えらんで ください。

(1)

　昨日、スーパーマーケットで、トマトを 三つ 100円で 売って いました。
わたしは 「安い!」と 言って、すぐに 買いました。帰りに 家の 近くの
八百屋さんで 見たら もっと 大きい トマトが 四つで 100円でした。

27 「わたし」は、トマトを、どこで いくらで 買いましたか。

1　スーパーで 三つ 100円で 買いました。
2　スーパーで 四つ 100円で 買いました。
3　八百屋さんで 三つ 100円で 買いました。
4　八百屋さんで 四つ 100円で 買いました。

(2)

今朝、わたしは　公園に　さんぽに　行きました。となりの　いえの　おじい
さんが　木の　下で　しんぶんを　読んで　いました。

28 となりの　いえの　おじいさんは　どれですか。

Check ☐1 ☐2 ☐3

(3)

とおるくんが　学校から　お知らせの　紙を　もらって　きました。

ご家族の　みなさまへ　お知らせ

　3月25日（金曜日）　朝10時から、学校の　体育館で　生徒の
音楽会が　あります。

　生徒は、みんな　同じ　白い　シャツを　着て　歌いますので、そ
れまでに　学校の　前の　店で　買って　おいて　ください。

　体育館に　入る　ときは、入り口に　ならべて　ある　スリッパを
はいて　ください。写真は　とって　いいです。

○○高等学校

29　お母さんは　とおるくんの　音楽会までに　何を　買いますか。

1　スリッパ
2　白い　ズボン
3　白い　シャツ
4　ビデオカメラ

もんだい5　つぎの　ぶんしょうを　読んで、しつもんに　こたえて　ください。
　　　　　こたえは、1・2・3・4から　いちばん　いい　ものを　一つ　え
　　　　　らんで　ください。

　去年、わたしは　友だちと　沖縄に　りょこうに　行きました。沖縄は、日本
の　南の　ほうに　ある　島で、海が　きれいな　ことで　ゆうめいです。
　わたしたちは、飛行機を　おりて　すぐ、海に　行って　泳ぎました。その　あ
と、古い　*お城を　見に　行きました。　お城は　わたしの　国の　ものとも、
日本で　前に　見た　ものとも　ちがう　おもしろい　たてものでした。友だち
は　その　しゃしんを　たくさん　とりました。
　お城を　見た　あと、4時ごろ、ホテルに　向かいました。ホテルの　門の　前
で、ねこが　ねて　いました。とても　かわいかったので、わたしは　その　ね
この　しゃしんを　とりました。

*お城：大きくて　りっぱな　たてものの　一つ。

30　わたしたちは、沖縄に　ついて　はじめに　何を　しましたか。
　1　古い　お城を　見に　行きました。
　2　ホテルに　入りました。
　3　海に　行って　しゃしんを　とりました。
　4　海に　行って　泳ぎました。

31　「わたし」は、何の　しゃしんを　とりましたか。
　1　古い　お城の　しゃしん
　2　きれいな　海の　しゃしん
　3　ホテルの　前で　ねて　いた　ねこの　しゃしん
　4　お城の　門の　上で　ねて　いた　ねこの　しゃしん

　　　　　　　　　　　　　　　　　　　　　Check □1 □2 □3

もんだい6　下の　「川越から東京までの時間とお金」を　見て、下の　しつもん
　　　　　　に　こたえて　ください。こたえは、1・2・3・4から　いちばん
　　　　　　いい　ものを　一つ　えらんで　ください。

32　ヤンさんは、川越と　いう　駅から　東京駅まで　電車で　行きます。行き
　　　方を　調べたら、四つの　行き方が　ありました。*乗りかえの　回数が　少
　　　なく、また、かかる　時間も　短いのは、①～④の　うちの　どれですか。

　　　*乗りかえ：電車やバスなどをおりて、ほかの電車やバスなどに乗ること。

1　①　　　　　　　2　②　　　　　　　3　③　　　　　　　4　④

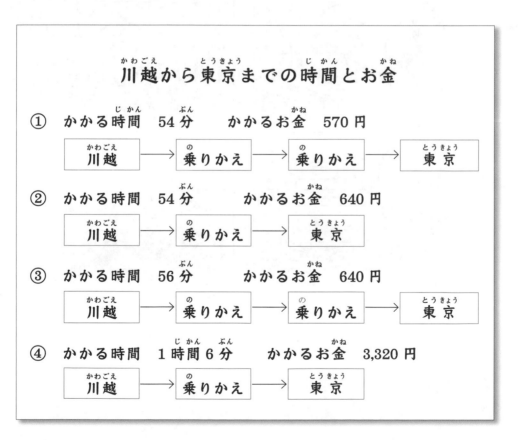

川越から東京までの時間とお金

①　かかる時間　54分　　　かかるお金　570円

　　　川越　→　乗りかえ　→　乗りかえ　→　東京

②　かかる時間　54分　　　かかるお金　640円

　　　川越　→　乗りかえ　→　東京

③　かかる時間　56分　　　かかるお金　640円

　　　川越　→　乗りかえ　→　乗りかえ　→　東京

④　かかる時間　1時間6分　　　かかるお金　3,320円

　　　川越　→　乗りかえ　→　東京

聴解

【測驗時間30分鐘】

T5-1 ～ 5-8

もんだい1

　もんだい1では、はじめに　しつもんを　きいて　ください。それから　はなしを　きいて、もんだいようしの　1から4の　なかから、いちばん　いい　ものを　ひとつ　えらんで　ください。

れい

1ばん

2ばん

1　きょうしつのまえのろうか

2　がっこうのしょくどう

3　せんせいがたのへや

4　Bぐみのきょうしつ

3ばん

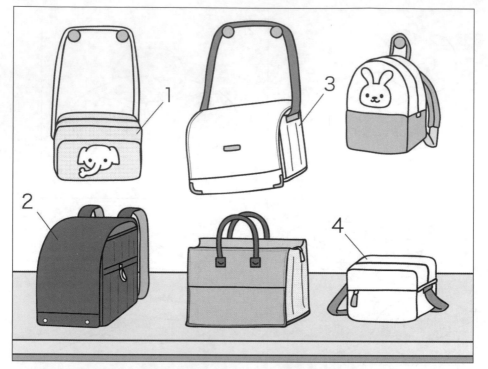

4ばん

1　プールでおよぎます

2　本をよみます

3　りょこうに行きます

4　しゅくだいをします

5ばん

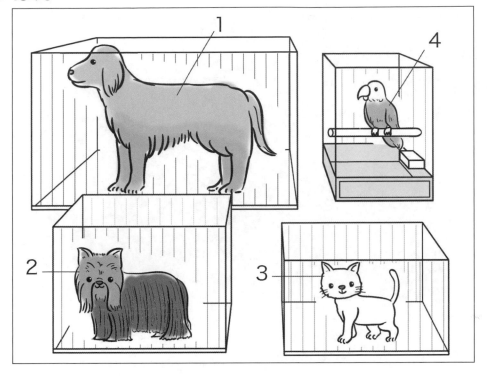

6ばん

1　へやをあたたかくします

2　あついコーヒーをのみます

3　ばんごはんをたべます

4　おふろに入ります

7ばん

1 ホテルのちかくのレストラン

2 えきのちかくのレストラン

3 ホテルのちかくのパンや

4 ホテルのじぶんのへや

もんだい 2

　もんだい2では、はじめに　しつもんを　きいて　ください。それから　はなしを
きいて、もんだいようしの　1から4の　なかから、いちばん　いい　ものを　ひとつ
えらんで　ください。

れい

1　自分の家

2　会社の近くのえき

3　レストラン

4　おかし屋

1ばん

1　いやなあめ

2　６月ごろのあめ

3　たくさんふるあめ

4　秋のあめ

2ばん

1　にぎやかなけっこんしき

2　しずかなけっこんしき

3　がいこくでやるけっこんしき

4　けっこんしきはしたくない

3ばん

1 くもり

2 ゆき

3 あめ

4 はれ

4ばん

1 1,500 えん

2 2,500 えん

3 3,000 えん

4 5,500 えん

5ばん

1 バス

2 じてんしゃ

3 あるきます

4 ちかてつ

6ばん

1 2,200 えん

2 2,300 えん

3 2,500 えん

4 2,800 えん

もんだい3

T5-16〜5-21

　もんだい3では、えを　みながら　しつもんを　きいて　ください。
➡（やじるし）の　ひとは、なんと　いいますか。1から3の　なかから、
いちばん　いい　ものを　ひとつ　えらんで　ください。

れい

1 ばん

2 ばん

Check □1 □2 □3

3ばん

4ばん

5ばん

もんだい４

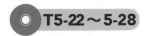

もんだい４は、えなどが　ありません。ぶんを　きいて、１から３の　なかから、いちばん　いい　ものを　ひとつ　えらんで　ください。

― メモ ―

第6回

言語知識（文字・語彙）

もんだい1　＿＿＿の　ことばは　ひらがなで　どう　かきますか。1・2・3・4
から　いちばん　いい　ものを　ひとつ　えらんで　ください。

（れい）　大きな　さかなが　およいで　います。

　　1　おおきな　　　2　おきな　　　3　だいきな　　　4　たいきな

　　（かいとうようし）　| （れい） | ● ② ③ ④ |

1　丸い　テーブルの　うえに　おさらを　ならべました。

　　1　せまい　　　　　2　ひろい　　　　　　3　まるい　　　　　4　たかい

2　この　かみに　番号を　かいて　ください。

　　1　ばんごう　　　2　ばんち　　　　　　3　きごう　　　　　4　なまえ

3　庭で　こどもたちが　あそんで　います。

　　1　へや　　　　　2　にわ　　　　　　　3　には　　　　　　4　いえ

4　かんじの　かきかたを　習いました。

　　1　なれい　　　　2　うたい　　　　　　3　ほしい　　　　　4　ならい

5　今朝は　はやく　おきました。

　　1　あさ　　　　　2　こんや　　　　　　3　けさ　　　　　　4　きょう

6　小さい　ときの　ことは　わすれました。

　　1　ちいいさい　　2　ちさい　　　　　　3　うるさい　　　　4　ちいさい

7 ここから　えいがかんまでは　とても　遠いです。

　1　ちかい　　　　　2　とおい　　　　　　3　ながい　　　　　4　とうい

8 この　デパートの　9階が　レストランです。

　1　きゅうかい　　2　くかい　　　　　　3　はちかい　　　　4　はっかい

9 塩を　すこし　かけて　やさいを　たべます。

　1　しう　　　　　　2　しお　　　　　　3　こな　　　　　4　しを

10 再来年　わたしは、くにに　かえります。

　1　さらいしゅう　　　　　　　　2　さいらいねん

　3　さらいねん　　　　　　　　4　らいねん

もんだい2　＿＿の　ことばは　どう　かきますか。1・2・3・4から　いちばん
　　　　　いい　ものを　ひとつ　えらんで　ください。

(れい)　わたしは　あおい　<u>はな</u>が　すきです。

　　1　草　　　　　　2　花　　　　　　3　化　　　　　　4　芸

(かいとうようし)　┃(れい)┃①　●　③　④┃

11　<u>つめたい</u>　かぜが　ふいて　います。

　1　寒たい　　　　　2　冷たい　　　　　3　泠たい　　　　　4　今たい

12　あの　ひとは　<u>ゆうめいな</u>　いしゃです。

　1　左名　　　　　　2　有名　　　　　　3　夕名　　　　　　4　右明

13　<u>すぽーつ</u>で　じょうぶな　からだを　つくります。

　1　スポツ　　　　　2　スポーソ　　　　3　スボーン　　　　4　スポーツ

14　ちちは　<u>おさけ</u>が　すきです。

　1　お湯　　　　　　2　お酒　　　　　　3　お水　　　　　　4　お洋

15　にほんの　<u>ふゆ</u>は　さむいです。

　1　春　　　　　　　2　久　　　　　　　3　冬　　　　　　　4　夏

16　きれいな　みずで　<u>かお</u>を　あらいます。

　1　顔　　　　　　　2　頭　　　　　　　3　類　　　　　　　4　題

17　としょかんで　ほんを　<u>かりました</u>。

　1　貸りました　　　2　昔りました　　　3　買りました　　　4　借りました

18　がっこうの　プールで　まいにち　<u>およぎます</u>。

　1　永ぎます　　　　2　泳ぎます　　　　3　池ぎます　　　　4　海ぎます

もんだい3 （　　　）に なにを いれますか。1・2・3・4から いちばん
いい ものを ひとつ えらんで ください。

（れい） へやの なかに くろい ねこが （　　　）。

1 あります　　　2 なきます　　　3 います　　　4 かいます

（かいとうようし） （れい） ① ② ● ④

---

19 きいろい きれいな （　　　）が さきました。

1 いろ　　　　　2 はっぱ　　　　　3 き　　　　　4 はな

20 まいあさ （　　　）に のって だいがくに いきます。

1 ちかてつ　　　2 テーブル　　　3 つくえ　　　4 エレベーター

21 きってを （　　　）、てがみを だしました。

1 つけて　　　　2 はって　　　　3 とって　　　　4 ならべて

22 がっこうは 8じ20ぷんに （　　　）。

1 はじまります　2 はしります　　3 はじめます　　4 はなします

23 わたしの クラスの （　　　）は まだ 24さいです。

1 せいと　　　　2 せんせい　　　3 ともだち　　　4 こども

24 あと （　　　）しか じかんが ありません。

1 10冊　　　　　2 10回　　　　　3 10個　　　　　4 10分

25 とりが きれいな こえで （　　　） います。

1 ないて　　　　2 とまって　　　3 はいって　　　4 やすんで

26 つよい かぜが （　　　） います。

1 おりて　　　　2 ふって　　　　3 ふいて　　　　4 ひいて

---

27 はこに えんぴつが （　　） はいって います。

1 ごほん

2 ろっぽん

3 ななほん

4 はっぽん

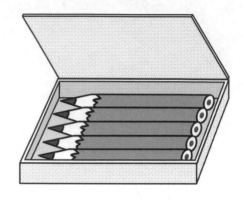

28 とても さむく なったので、（　　） コートを きました。

1 しずかな　　　2 あつい　　　　3 すずしい　　　4 かるい

Check □1 □2 □3

もんだい4 ＿＿＿の ぶんと だいたい おなじ いみの ぶんが あります。
1・2・3・4から いちばん いい ものを ひとつ えらんで
ください。

（れい） その えいがは つまらなかったです。

1 その えいがは おもしろく なかったです。

2 その えいがは たのしかったです。

3 その えいがは おもしろかったです。

4 その えいがは しずかでした。

（かいとうようし） | （れい） | ● ② ③ ④ |

29 みどりさんの おばさんは あの ひとです。

1 みどりさんの おかあさんの おかあさんは あの ひとです。

2 みどりさんの おとうさんの おとうさんは あの ひとです。

3 みどりさんの おかあさんの おとうとは あの ひとです。

4 みどりさんの おかあさんの いもうとは あの ひとです。

30 あなたは どうして その えいがに いきたいのですか。

1 あなたは どんな えいがに いきたいのですか。

2 あなたは だれと その えいがに いきたいのですか。

3 あなたは なぜ その えいがに いきたいのですか。

4 あなたは いつ その えいがに いきたいのですか。

31 だいがくは ちかく ないので、あるいて いきません。

1 だいがくは ちかいので、あるいて いきます。

2 だいがくは とおいので あるいて いきます。

3 だいがくは とおいですが、あるいても いけます。

4 だいがくは とおいので、あるいて いきません。

Check □1 □2 □3

回數 1 2 3 4 5 6

179

32 ヤンさんは かわださんに にほんごを ならいました。

1 ヤンさんや かわださんに にほんごを おしえました。

2 かわださんは ヤンさんに にほんごを おしえました。

3 かわださんは ヤンさんに にほんごで はなしました。

4 ヤンさんは かわださんに にほんごで はなしました。

33 りょうしんは どこに すんで いますか。

1 きょうだいは どこに すんで いますか。

2 おじいさんと おばあさんは どこに すんで いますか。

3 おとうさんと おかあさんは どこに すんで いますか。

4 かぞくは どこに すんで いますか。

言語知識（文法）・読解

もんだい1　（　　　）に 何を 入れますか。1・2・3・4から いちばん
いい ものを 一つ えらんで ください。

(れい) これ（　　　） わたしの かさです。

　　　1 は　　　　　2 を　　　　　3 や　　　　4 に

(かいとうようし)　| (れい) | ● ② ③ ④ |

1　A「あなたは いま （　　　）ですか。」

　　B「17 さいです。」

　1 いくら　　　　2 いつ　　　　　3 どこ　　　　4 いくつ

2　歩くと とおい（　　　）、タクシーで 行きましょう。

　1 けれど　　　　2 のは　　　　3 ので　　　　4 のに

3　つくえの 上には 本（　　　） じしょなどを おいて います。

　1 も　　　　　2 など　　　　3 や　　　　　4 から

4　かれが 外国に 行く ことは、だれも （　　　）。

　1 しりませんでした　　　　　　2 しっていました

　3 しっていたでしょう　　　　　4 しりました

5　自転車が こわれたので、新しい（　　　） かいました。

　1 のを　　　　2 のが　　　　3 のに　　　　4 ので

6　この かびん（　　　）、あの かびんの ほうが いいです。

　1 なら　　　　2 でも　　　　3 から　　　　4 より

7 へやの そうじを して（　　　）出かけます。

1 から　　　　　2 まで　　　　　　3 ので　　　　　4 より

8 弟は 今日 かぜ（　　　）ねて います。

1 を　　　　　　2 ので　　　　　　3 で　　　　　　4 へ

9 これから かいもの（　　　）行きます。

1 を　　　　　　2 に　　　　　　　3 が　　　　　　4 は

10 もっと（　　　）ひろい へやに すみたいです。

1 しずかなら　　2 しずかだ　　　　3 しずかに　　　4 しずかで

11 たんじょうびに、おいしい ものを たべ（　　　）のんだり しました。

1 たり　　　　　2 て　　　　　　　3 たら　　　　　4 だり

12 A「日曜日は どこかへ 行きましたか。」
B「いいえ、（　　　）行きませんでした。」

1 どこへ　　　　2 どこへも　　　　3 どこかへも　　4 だれも

13 A「赤い 目を して いますね。ゆうべは 何時に 寝ましたか。」
B「ゆうべは（　　　）勉強しました。」

1 寝なくて　　　2 寝たくて　　　　3 寝てより　　　4 寝ないで

14 A「（　　　）りょこうしますか。」
B「来年の 3月です。」

1 いつ　　　　　2 どうして　　　　3 何を　　　　　4 どこで

15 テレビ（　　　）ニュースを 見ます。

1 に　　　　　　2 から　　　　　　3 で　　　　　　4 には

16 テーブルの 上に おはしが ならべて（　　　）。

1 おります　　　2 います　　　　　3 きます　　　　4 あります

もんだい2 　__★__に　入る　ものは　どれですか。1・2・3・4から　いちばん
　　　　　　 いい　ものを　一つ　えらんで　ください。

（もんだいれい）

　　A「____　____　__★__　____か。」
　　B「あの　かどを　まがった　ところです。」
　　2　どこ　　　　　3　こうばん　　　　1　は　　　　4　です

（こたえかた）

1. ただしい　文を　つくります。

> A「_____　_____　__★__　_____か。」
> 　2　こうばん　　　3　は　　　1　どこ　　　4　です
> B「あの　かどを　まがった　ところです。」

2. __★__に　入る　ばんごうを　くろく　ぬります。

　　（かいとうようし）　（れい）　● ② ③ ④

---

17 A「これは、____　__★__　____　____ですか。」

　　B「クジャクです。」
　1　鳥　　　　　　2　いう　　　　　3　と　　　　　4　なん

18 A「駅は　どこですか。」

　　B「しらないので、交番で　____　____　__★__　____ませんか。」
　1　に　　　　　2　おまわりさん　　3　ください　　　4　聞いて

19 A「この　とけいの　じかんは　ただしいですか。」

　　B「いいえ、____　__★__　____　____。」
　1　います　　　2　ぐらい　　　　3　おくれて　　　4　3分

20 A「春と　秋では　どちらが　すきですか。」

B「春 ＿＿＿＿　＿＿＿＿　＿★＿＿　＿＿＿＿　すきです。」

1　秋の　　　　　　2　より　　　　　　3　ほう　　　　　　4　が

21 （くだもの屋で）

女の人「めずらしい　くだものは　ありますか。」

店の人「これは　＿＿＿＿　＿★＿＿　＿＿＿＿　＿＿＿＿　くだものです。」

1　に　　　　　　2　ない　　　　　　3　は　　　　　　4　日本

もんだい3　　22　から　26　に　何を　入れますか。ぶんしょうの　いみを　かんがえて、1・2・3・4から　いちばん　いい　ものを　一つ　えらんで　ください。

日本で　べんきょうして　いる　学生が　「こわかった　こと」に　ついて　ぶんしょうを　書いて、クラスの　みんなの　前で　読みました。

　6さいの　とき、わたしは　父に　自転車の　乗り方を　22　。わたしが　小さな　自転車の　いすに　すわると、父は　自転車の　うしろを　もって、自転車　23　いっしょに　走ります。そうして、何回も　何回も　練習しました。
　少し　24　なった　ころ、わたしが　自転車で　25　うしろを　向くと、父は　わたしが　知らない　間に　手を　はなして　いました。それを　知った　とき、わたしは　とても　26　です。

22

1　おしえました　　　　　　2　しました

3　なれました　　　　　　　4　ならいました

23

1　と　　　　　2　に　　　　　3　を　　　　　4　は

24

1　じょうずな　　2　じょうずだ　　3　じょうずに　　4　じょうずで

25

1　走ったら　　2　走りながら　　3　走ったほうが　　4　走るより

26

1　こわい　　　2　こわくて　　　3　こわかった　　　4　こわく

Check □1 □2 □3

185

もんだい4 つぎの (1) から (3) の ぶんしょうを 読んで、しつもんに こたえて ください。こたえは、1・2・3・4から いちばん いい ものを 一つ えらんで ください。

(1)

　わたしには、姉が 一人 います。姉も わたしも ふとって いますが、姉は 背が 高くて、わたしは 低いです。わたしたちは 同じ 大学で、姉は 英語を、わたしは 日本語を べんきょうして います。

27 まちがって いるのは どれですか。

1 二人とも ふとって います。

2 同じ 大学に 行って います。

3 姉は 大学で 日本語を べんきょうして います。

4 姉は 背が 高いですが、わたしは 低いです。

(2)

　5さいの　ゆうくんと　お母<ruby>母<rt>かあ</rt></ruby>さんは、スーパーに　買<ruby>買<rt>か</rt></ruby>い物<ruby>物<rt>もの</rt></ruby>に　行<ruby>行<rt>い</rt></ruby>きました。しか　し　お母<ruby>母<rt>かあ</rt></ruby>さんが　買<ruby>買<rt>か</rt></ruby>い物<ruby>物<rt>もの</rt></ruby>を　して　いる　ときに、ゆうくんが　いなく　なりました。ゆうくんは　みじかい　ズボンを　はいて、ポケットが　ついた　白<ruby>白<rt>しろ</rt></ruby>い　シャツを　きて、ぼうしを　かぶって　います。

28　ゆうくんは、どれですか。

(3)

大学で 英語を べんきょうして いる お姉さんに、妹の 真矢さんか
ら 次の メールが 来ました。

お姉さん

　わたしの 友だちの 花田さんが、弟に 英語を 教える 人を
さがして います。お姉さんが 教えて くださいませんか。
　花田さんが まって いますので、今日中に 花田さんに 電話
を して ください。

　　　　　　　　　　　　　　　　　　　　　　　　　　　　　真矢

---

29 お姉さんは、花田さんの 弟に 英語を 教えるつもりです。どうしますか。

1 花田さんに メールを します。
2 妹の 真矢さんに 電話を します。
3 花田さんに 電話を します。
4 花田さんの 弟に 電話を します。

　　　　　　　　　　　　　　　　　　　　　　　　Check □1 □2 □3

もんだい5　つぎの　ぶんしょうを　読んで、しつもんに　こたえて　ください。
　　　　　こたえは、1・2・3・4から　いちばん　いい　ものを　一つ　え
　　　　　らんで　ください。

　わたしの　友だちの　アリさんは　3月に　東京の　大学を　出て、大阪の
会社に　つとめます。

　アリさんは、3年前　わたしが　日本に　来た　とき、いろいろと　教えて　く
れた　友だちで、今まで　同じ　アパートに　住んで　いました。アリさんが　も
う　すぐ　いなく　なるので、わたしは　とても　さびしいです。

　アリさんが、「大阪は　あまり　知らないので、困って　います。」と　言っ
て　いたので、わたしは　近くの　本屋さんで　大阪の　地図を　買って、それ
を　アリさんに　プレゼントしました。

30　友だちは　どんな　人ですか。
　1　大阪の　同じ　会社に　つとめて　いた　人
　2　同じ　大学で　いっしょに　べんきょうした　人
　3　日本の　ことを　教えて　くれた　人
　4　東京の　本屋さんに　つとめて　いる　人

31　「わたし」は　アリさんに、何を　プレゼントしましたか。
　1　本を　プレゼントしました。
　2　大阪の　地図を　プレゼントしました。
　3　日本の　地図を　プレゼントしました。
　4　東京の　地図を　プレゼントしました。

もんだい6　右の　ページを　見て、下の　しつもんに　こたえて　ください。こ
　　　　　　たえは、1・2・3・4から　いちばん　いい　ものを　一つ　えらん
　　　　　　で　ください。

32 ＊新聞販売店から　中山さんの　へやに　＊古紙回収の　お知らせが　きまし
た。中山さんは、31 日の　朝、新聞紙を　回収に　出すつもりです。中山さん
の　へやは、アパートの　2階です。

正しい　出し方は　どれですか。

＊新聞販売店：新聞を　売ったり、家に　とどけたりする店。

＊古紙回収：古い　新聞紙を　集めること。トイレットペーパーとかえたりして

　　　　　　くれる。

1　自分の　へやの　前の　ろうかに　出す。
2　1階の　入り口に　出す。
3　1階の　階段の　下に　出す。
4　自分の　へやの　ドアの　中に　出す。

Check □1 □2 □3

毎朝新聞 古紙回収のお知らせ

31日朝9時までに
出してください。

トイレットペーパーとかえます。

（古い新聞紙 10～15 kgで、トイレットペーパー1個。）

● このお知らせにへや番号を書いて、新聞紙の上にのせて出してください。

● アパートなどにすんでいる人は、1階の入り口まで出してください。

【へや番号】

答對：
／24題

聴解

T6-1 ～ 6-8

もんだい1

　もんだい1では、はじめに　しつもんを　きいて　ください。それから　はなしを　きいて、もんだいようしの　1から4の　なかから、いちばん　いい　ものを　ひとつ　えらんで　ください。

れい

Check □1 □2 □3

1ばん

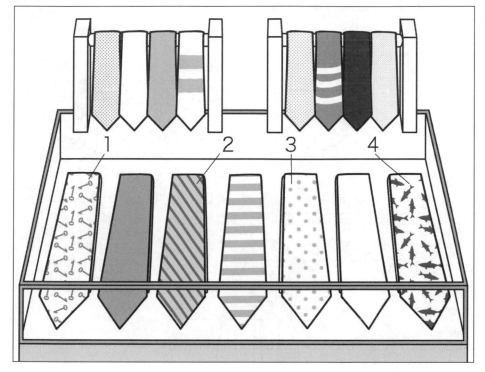

2ばん

1 ぎんこう

2 いえのまえのポスト

3 ゆうびんきょく

4 ぎんこうのまえのポスト

3ばん

4ばん

1 でんしゃ

2 あるきます

3 じてんしゃ

4 タクシー

5ばん

1　ほんをよみます

2　かいものに行きます

3　きゃくをまちます

4　おちゃのよういをします

6ばん

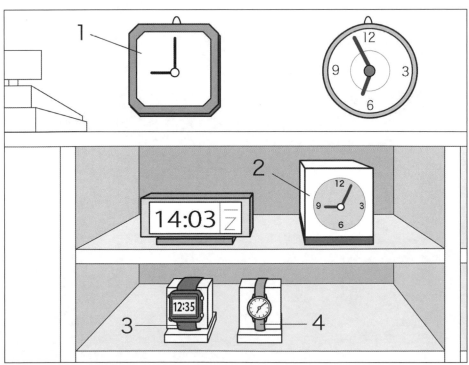

7ばん

1 くろのえんぴつ

2 あおのまんねんひつ

3 くろのボールペン

4 あおのボールペン

もんだい 2

もんだい 2 では、はじめに　しつもんを　きいて　ください。それから　はなしを
きいて、もんだいようしの　1 から 4 の　なかから、いちばん　いい　ものを　ひとつ
えらんで　ください。

れい

1　自分の家

2　会社の近くのえき

3　レストラン

4　おかし屋

1ばん

1 くつをはきます

2 スリッパをはきます

3 スリッパをぬぎます

4 くつしたをぬぎます

2ばん

1 せんせい

2 さいふ

3 おかね

4 いれもの

3ばん

1　のみものをのみたいです

2　たばこをすいたいです

3　にわをみたいです

4　おすしをたべたいです

4ばん

5ばん

1　3ねんまえ

2　2ねんまえ

3　きょねんのあき

4　ことしのはる

6ばん

1　おいしくないから

2　たかいから

3　おとこのひとがネクタイをしめていないから

4　えきの近くのしょくどうのほうがおいしいから

Check □1 □2 □3

もんだい3

もんだい3では、えを みながら しつもんを きいて ください。

➡ （やじるし）の ひとは、なんと いいますか。1から3の なかから、いちばん いい ものを ひとつ えらんで ください。

れい

1ばん

2ばん

Check ☐1 ☐2 ☐3

3ばん

4ばん

5ばん

もんだい4

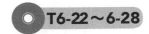

もんだい4は、えなどが　ありません。ぶんを　きいて、1から3の　なかから、いちばん　いい　ものを　ひとつ　えらんで　ください。

― メモ ―

（M：男性　F：女性）

N5模擬試験　第一回
（エヌ　もぎしけん　だいいっかい）

問題1

例

どうぶつえん　せんせい せいと はな　せいと　どうぶつ み い
動物園で、先生と生徒が話しています。この生徒は、このあと、どの動物を見に行きますか。

M：岡田さんは、ゾウとキリンが好きなんですか。
（おかだ）　　　　　　　　　　　　　　（す）

F：はい。でも、いちばん好きなのはパンダです。
　　　　　　　　　（す）

M：ほかのみんなは、アライグマのところにいますよ。いっしょに行きませんか。
　　　　　　　　　　　　　　　　　　　　　　　　　　　（い）

F：はい、行きましょう。
　　　（い）

せいと　　　　　　　　どうぶつ み い
この生徒は、このあと、どの動物を見に行きますか。

1番

くつや　おんな ひと みせ ひと はな　おんな ひと　くつ か
靴屋で、女の人と店の人が話しています。女の人は、どの靴を買いますか。

F：子どもの靴を買いたいのですが、ありますか。
　　　　　（こ）（くつ か）

M：女の子の靴ですか。男の子の靴ですか。
　（おんな こ くつ）　（おとこ こ くつ）

F：女の子の黒い革の靴で、サイズは 22 センチです。
　（おんな こ くろ かわ くつ）

M：上のと下ので、どちらがいいですか。
　（うえ）（した）

F：そうですね、下のがいいです。
　　　　　　　（した）

おんな ひと　　　　　くつ か
女の人は、どの靴を買いますか。

2番

びょういん　いしゃ おとこ ひと はな　おとこ ひと　にち なんかいくすり の
病院で、医者と男の人が話しています。　男の人は、1日に何回薬を飲みますか。

F：この薬は、食事の後飲んでくださいね。
　　　（くすり）（しょくじ あとの）

M：3度の食事の後、必ず飲むのですか。
　（ど）（しょくじ あと かなら の）

F：そうです。朝と昼と夜の食事のあとに飲むのです。1週間分出しますので、忘れないで飲んで
　　　　　　　（あさ ひる よる しょくじ）　　（の）　（しゅうかんぶんだ）　　　（わす）　　　（の）
　　ください。

M：わかりました。

<ruby>男<rt>おとこ</rt></ruby>の<ruby>人<rt>ひと</rt></ruby>は、1<ruby>日<rt>にち</rt></ruby>に<ruby>何回<rt>なんかい</rt></ruby><ruby>薬<rt>くすり</rt></ruby>を<ruby>飲<rt>の</rt></ruby>みますか。

3番

デパートの<ruby>傘<rt>かさ</rt></ruby>の<ruby>店<rt>みせ</rt></ruby>で、<ruby>女<rt>おんな</rt></ruby>の<ruby>人<rt>ひと</rt></ruby>と<ruby>店<rt>みせ</rt></ruby>の<ruby>人<rt>ひと</rt></ruby>が<ruby>話<rt>はな</rt></ruby>しています。<ruby>店<rt>みせ</rt></ruby>の<ruby>人<rt>ひと</rt></ruby>は、どの<ruby>傘<rt>かさ</rt></ruby>を<ruby>取<rt>と</rt></ruby>りますか。

F：すみません。そのたなの<ruby>上<rt>うえ</rt></ruby>の<ruby>傘<rt>かさ</rt></ruby>を<ruby>見<rt>み</rt></ruby>せてください。
M：<ruby>長<rt>なが</rt></ruby>い<ruby>傘<rt>かさ</rt></ruby>ですか。それとも<ruby>短<rt>みじか</rt></ruby>い<ruby>傘<rt>かさ</rt></ruby>ですか。
F：<ruby>長<rt>なが</rt></ruby>い、<ruby>花<rt>はな</rt></ruby>の<ruby>絵<rt>え</rt></ruby>のついている<ruby>傘<rt>かさ</rt></ruby>です。
M：あ、これですね。どうぞ。

<ruby>店<rt>みせ</rt></ruby>の<ruby>人<rt>ひと</rt></ruby>は、どの<ruby>傘<rt>かさ</rt></ruby>を<ruby>取<rt>と</rt></ruby>りますか。

4番

<ruby>男<rt>おとこ</rt></ruby>の<ruby>人<rt>ひと</rt></ruby>と<ruby>女<rt>おんな</rt></ruby>の<ruby>人<rt>ひと</rt></ruby>が<ruby>話<rt>はな</rt></ruby>しています。<ruby>二人<rt>ふたり</rt></ruby>は、<ruby>駅<rt>えき</rt></ruby>まで<ruby>何<rt>なに</rt></ruby>で<ruby>行<rt>い</rt></ruby>きますか。

M：もう<ruby>時間<rt>じかん</rt></ruby>がありませんよ。<ruby>急<rt>いそ</rt></ruby>ぎましょう。<ruby>駅<rt>えき</rt></ruby>まで<ruby>歩<rt>ある</rt></ruby>いて30<ruby>分<rt>ぷん</rt></ruby>かかるんですよ。
F：<ruby>電車<rt>でんしゃ</rt></ruby>の<ruby>時間<rt>じかん</rt></ruby>まで、あと<ruby>何分<rt>なんぷん</rt></ruby>ありますか。
M：30<ruby>分<rt>ぷん</rt></ruby>しかありません。
F：では、バスで<ruby>行<rt>い</rt></ruby>きませんか。
M：あ、ちょうどタクシーが<ruby>来<rt>き</rt></ruby>ました。
F：<ruby>乗<rt>の</rt></ruby>りましょう。

<ruby>二人<rt>ふたり</rt></ruby>は、<ruby>駅<rt>えき</rt></ruby>まで<ruby>何<rt>なに</rt></ruby>で<ruby>行<rt>い</rt></ruby>きますか。

5番

バスの<ruby>中<rt>なか</rt></ruby>で、<ruby>旅行会社<rt>りょこうがいしゃ</rt></ruby>の<ruby>人<rt>ひと</rt></ruby>が<ruby>客<rt>きゃく</rt></ruby>に<ruby>話<rt>はな</rt></ruby>しています。<ruby>客<rt>きゃく</rt></ruby>は、ホテルに<ruby>着<rt>つ</rt></ruby>いてから、<ruby>初<rt>はじ</rt></ruby>めに<ruby>何<rt>なに</rt></ruby>をしますか。

M：みなさま、<ruby>今日<rt>きょう</rt></ruby>は<ruby>遅<rt>おそ</rt></ruby>くまでおつかれさまでした。もうすぐホテルに<ruby>着<rt>つ</rt></ruby>きます。ホテルでは、まず、フロントで<ruby>鍵<rt>かぎ</rt></ruby>をもらってお<ruby>部屋<rt>へや</rt></ruby>に<ruby>入<rt>はい</rt></ruby>ってください。7<ruby>時<rt>じ</rt></ruby>にレストランで<ruby>食事<rt>しょくじ</rt></ruby>をしますので、それまで、お<ruby>部屋<rt>へや</rt></ruby>で<ruby>休<rt>やす</rt></ruby>んでください。<ruby>明日<rt>あした</rt></ruby>は10<ruby>時<rt>じ</rt></ruby>にバスが<ruby>出発<rt>しゅっぱつ</rt></ruby>しますので、それまでに<ruby>買<rt>か</rt></ruby>い<ruby>物<rt>もの</rt></ruby>などをして、フロントにあつまってください。

<ruby>客<rt>きゃく</rt></ruby>は、ホテルに<ruby>着<rt>つ</rt></ruby>いてから、<ruby>初<rt>はじ</rt></ruby>めに<ruby>何<rt>なに</rt></ruby>をしますか。

6番

男の学生と女の学生が話しています。女の学生は、どんな部屋にするつもりですか。

M：本だなと机といす一つしかないから、広い部屋ですね。

F：はい。机の上も、広い方がいいので、パソコンしかおいていないんです。

M：でも、本を床におかない方がいいですよ。

F：そうですね。次の日曜日、大きい本だなを買いに行きます。

女の学生は、どんな部屋にするつもりですか。

7番

男の人と女の人が話しています。男の人は、来週、何をしますか。

M：来週、お誕生日ですね。ほしいものは何ですか。プレゼントします。

F：ありがとうございます。でも、うちがせまいので、何もいりません。

M：傘はどうですか。それとも、新しい服は？

F：傘は、去年買った黒いのがあります。服も、けっこうです。

M：それじゃ、いっしょに夕ご飯を食べに行きませんか。

F：ええ、では、天ぷらはどうですか。

M：天ぷらはわたしも好きですよ。

男の人は、来週、何をしますか。

問題2

例

会社で、女の人と男の人が話しています。男の人は、会社を出てから、初めにどこへ行きますか。

F：もう帰るのですか。今日は早いですね。何かあるのですか。

M：父の誕生日なのです。これから会社の近くの駅で家族と会って、それからレストランに行って、みんなで夕飯を食べます。

F：おめでとうございます。お父さんはいくつになったのですか。

M：80歳になりました。

F：何かプレゼントもしますか。

M：はい、おいしいお菓子が買ってあります。

男の人は、会社を出てから、初めにどこへ行きますか。

1番

大学の食堂で、女の学生と男の学生が話しています。男の学生は、毎日、何時間ぐらいパソコンを使っていますか。

F：町田さんは、いつも、何時間ぐらいパソコンを使っていますか。

M：そうですね。朝、まず、メールを見たり書いたりするのに30分。夕飯のあと、好きなブログを見たり、インターネットでいろいろと調べたりするのに1時間半ぐらいです。

F：へえ。毎日ずいぶんパソコンを使っているのですね。

男の学生は、毎日、何時間ぐらいパソコンを使っていますか。

2番

男の人と女の人が話しています。女の人の郵便番号は何番ですか。

M：はがきを出したいのですが、あなたの家の郵便番号を教えてください。

F：はい。861の3204です。

M：ええと、861の3402ですね？

F：いいえ、3204です。それから、この前、町の名前が変わったんですよ。

M：それは知っています。東区春野町から春日町に変わったんですよね。

女の人の郵便番号は何番ですか。

3番

男の人が女の人に、本屋の場所を聞いています。男の人は、何の角を右に曲がりますか。

M：文久堂という本屋の場所を教えてください。

F：この道をまっすぐ行って、二つ目の角を右にまがります。

M：ああ、靴屋さんの角ですね。

F：そうです。その角を曲がって10メートルぐらい行くと喫茶店があります。そのとなりです。

男の人は、何の角を右に曲がりますか。

4番

会社で、男の人と女の人が話しています。男の人は、今日、何時に会社に帰りますか。

M：今から、後藤自動車とつばき銀行に行ってきます。

F：会社に帰るのは何時頃ですか。

M：後藤自動車の人と2時に会います。つばき銀行の人と会うのは4時です。話が終わるのは5時
半頃でしょう。

F：あ、じゃあ、その後は、まっすぐ家に帰りますか。

M：そのつもりです。

男の人は、今日、何時に会社に帰りますか。

5番

男の人と女の人が話しています。女の人は、昨日、何をしましたか。

M：昨日の日曜日は、何をしましたか。

F：いつも、日曜日は、自分の部屋のそうじをしたり、洗濯をしたりするのですが、昨日は母とデ
パートに行きました。

M：そうですか。何か買いましたか。

F：いいえ、何も買いませんでした。あ、ハンカチを1枚だけ買いました。

女の人は、昨日、何をしましたか。

6番

男の人と女の人が話しています。男の人は、何を買ってきましたか。

M：ただいま。

F：買い物、ありがとう。トイレットペーパーは？

M：はい、これです。

F：これはティッシュペーパーでしょう。いるのはトイレットペーパーですよ。それから、せっけ
んは？

M：あ、わすれました。

男の人は、何を買ってきましたか。

問題3

例

朝、起きました。家族に何と言いますか。

M：1. 行ってきます。

　　2. こんにちは。

　　3. おはようございます。

1番

今からご飯を食べます。何と言いますか。

F：1. いただきます。

　　2. ごちそうさまでした。

　　3. いただきました。

2番

電車の中で、あなたの前におばあさんが立っています。何と言いますか。

M：1. どうしますか。

　　2. どうぞ、座ってください。

　　3. 私は立ちますよ。

3番

家に帰りました。家族に何と言いますか。

F：1. いま帰ります。

　　2. 行ってきます。

　　3. ただいま。

4番

店で、棚の中の赤いさいふを買いたいです。店の人に何と言いますか。

F：1. すみませんが、その赤いさいふを見せてください。

　　2. すみませんが、その赤いさいふを買いませんか。

3. すみませんが、その赤いさいふは売りませんか。

5番

前を歩いていた男の人が、電車の切符を落としました。何と言いますか。

F：1. 切符落としちゃだめじゃないですか。
　　2. 切符なくしましたよ。
　　3. 切符落としましたよ。

問題4

例

F：お国はどちらですか。

M：1. ベトナムです。
　　2. 東からです。
　　3. 日本にやって来ました。

1番

F：今日は何曜日ですか。

M：1. 15日です。
　　2. 火曜日です。
　　3. 午後2時です。

2番

M：これはだれの傘ですか。

F：1. 私にです。
　　2. 秋田さんのです。
　　3. だれのです。

3番

F：きょうだいは何人ですか。

M：1. 両親と兄です。
2. 弟はいません。
3. 私を入れて 4 人です。

4番

M：あなたの好きな食べ物は何ですか。

F：1. おすしです。

2. トマトジュースです。

3. イタリアです。

5番

M：あなたは、何で学校に行きますか。

F：1. とても遠いです。
2. 地下鉄です。
3. 友だちといっしょに行きます。

6番

F：図書館は何時までですか。

M：1. 午前 9 時からです。
2. 月曜日は休みです。
3. 午後 6 時までです。

N5模擬試験　第二回

（此回合例題請參照第一回合例題）

問題1

1番

店で、女の人と店の人が話しています。女の人は、どのシャツを買いますか。

F：子どものシャツがほしいのですが。
M：犬の絵のと、ねこの絵のと、しまもようのがあります。どれがいいですか。

F：犬の絵のがいいです。

M：今の季節は、涼しいですので……。

F：いえ、夏に着るシャツがいるんです。

女の人は、どのシャツを買いますか。

2番

病院で、医者が女の人に話しています。　女の人は、1日に何回歯をみがきますか。

M：ご飯のあとは、すぐに歯をみがいてください。

F：昼ご飯のあともですか。会社につとめていると、歯をみがく時間も場所もないのですが。

M：それなら、朝と夕方のご飯のあとだけでもみがいてください。あ、でも、寝る前にも、もう一
　　度みがくといいですね。

F：わかりました。寝る前にもみがきます。

女の人は、1日に何回歯をみがきますか。

3番

男の人と女の人が話しています。二人は、何時に会いますか。

M：授業は3時に終わるから、学校の前のみどり食堂で、3時20分に会いませんか。

F：あの食堂にはみんな来るからいやです。少し遠いですが、みどり食堂の100メートルぐらい先
　　のあおば喫茶店はどうですか。私は、学校を3時半に出るから、3時40分なら大丈夫です。

M：じゃ、そうしましょう。あおば喫茶店ですね。

二人は、何時に会いますか。

4番

男の人と女の人が話しています。女の人は、明日、何をもっていきますか。

M：明日のハイキングには、何を持っていきましょうか。

F：そうですね。お弁当と飲み物は、私が持っていくつもりです。

M：あ、飲み物は重いから、僕が持っていきますよ。

F：じゃ、私、あめを少し持っていきますね。疲れた時にいいですから。

女の人は、明日、何をもっていきますか。

5番

会社で男の人が話しています。山下さんは、明日の朝、どうしますか。

M：明日は12時から、会社でパーティーがあります。お客様は11時半ごろには来ますので、みなさんは11時までに集まってください。山下さんは、お客様が来る前に、入り口の机の上に、お客様の名前を書いた紙を並べてください。

F：はい、わかりました。

山下さんは、明日の朝、どうしますか。

6番

バス停で、女の人とバス会社の人が話しています。女の人は何番のバスに乗りますか。

F：中町行きのバスは何番から出ていますか。

M：5番と8番です。中町に行きたいのですか。

F：いいえ、中町の三つ前の山下町に行きたいのです。

M：ああ、そうですか。5番のバスも8番のバスも中町行きですが、5番のバスは、8番とちがう道をとおりますので、山下町にはとまりません。

F：わかりました。ありがとうございます。

女の人は何番のバスに乗りますか。

7番

駅の前で、男の人と女の人が話しています。男の人は、どこへ行きますか。

M：すみません。中央図書館へ行きたいんですが、この道ですか。

F：はい、この道をまっすぐ進んで、公園の前で右に曲がると中央図書館です。

M：ありがとうございます。

F：でも、歩くと20分くらいかかりますよ。すぐそこに駅前図書館がありますよ。

M：前に中央図書館で借りた本を返しに行くのです。

F：返すだけなら、近くの図書館でも大丈夫ですよ。駅前図書館で返してはいかがですか。

M：わかりました。そうします。

男の人は、どこへ行きますか。

問題2

1番

男の人と女の人が話しています。大山商会の電話番号は何番ですか。

M：大山商会の電話番号を教えてくれますか。

F：ええと、大山商会ですね。0247 の 98 の 3026 です。

M：0247 ？それは隣の市だから、違うのではありませんか。

F：あ、ごめんなさい、0247は一つ上に書いてある番号でした。大山商会は、0248 の 98 の 3026 です。

M：わかりました。ありがとうございます。

大山商会の電話番号は何番ですか。

2番

女の学生と男の学生が話しています。男の学生は、何人の家族で暮らしていますか。

F：渡辺さんは、下に弟さんか妹さんがいるのですか。

M：弟は二人いますが、妹はいません。しかし、姉が二人います。

F：ごきょうだいとご両親で、暮らしているのですか。

M：いえ、それに祖母も一緒です。

F：ご家族が多いんですね。

男の学生は、何人の家族で暮らしていますか。

3番

男の人と女の人が公園で話しています。 子どもは、今、どこにいるのですか。

M：こんにちは。今日はお子さんと一緒に公園を散歩しないのですか。

F：子どもは、明日、学校でテストがあるので、自分の部屋で勉強しています。

M：そうですか。何のテストですか。

F：漢字のテストです。明日の午後は一緒に公園に来ますよ。

子どもは、今、どこにいるのですか。

4番

教室で先生が話しています。明日学校でやる練習問題は、何ページの何番ですか。

M：今日は 33 ページの問題まで終わりましたね。あとの練習問題は宿題にします。

F：えーっ、次の 2 ページは全部練習問題ですが、この 2 ページ全部宿題ですか。

M：うーん、ちょっと多いですね。では、34 ページの 1・2 番と、35 ページの 1 番だけにしましょう。

F：34 ページの 3 番と、35 ページの 2 番は、しなくていいのですね。

M：はい。それは、また明日、学校でやりましょう。

明日学校でやる練習問題は、何ページの何番ですか。

5番

女の学生と男の学生が話しています。男の学生は、1 日に何時間ぐらいゲームをやりますか。

F：1 日に何時間ぐらいゲームをやりますか。

M：朝、起きてから 30 分、朝ごはんを食べてから、学校に行く前に 30 分。それから……

F：学校では、ゲームはできませんよね。

M：はい。だから、学校から帰って 30 分で宿題をやって、夕飯まで、また、ゲームをやります。

F：帰ってからも？どれぐらいですか。

M：6 時半ごろ夕飯を食べるから、2 時間ぐらいです。

男の学生は、1 日に何時間ぐらいゲームをやりますか。

6番

男の人と女の人が話しています。明日のハイキングに行く人は何人ですか。

F：明日のハイキングには、誰と誰が行くんですか。

M：君と、僕。それから、僕の友達が 3 人行きたいと言っていました。その中の二人は、奥さんもいっしょに来ます。

F：そうですか。私の友達も二人来ます。

M：それは、楽しみですね。

明日のハイキングに行く人は何人ですか。

問題3

1番

<ruby>学校<rt>がっこう</rt></ruby>から<ruby>帰<rt>かえ</rt></ruby>るとき、<ruby>先生<rt>せんせい</rt></ruby>に<ruby>会<rt>あ</rt></ruby>いました。<ruby>何<rt>なん</rt></ruby>と<ruby>言<rt>い</rt></ruby>いますか。

F：1. さようなら。

2. じゃ、お<ruby>元気<rt>げんき</rt></ruby>で。

3. こんにちは。

2番

お<ruby>隣<rt>となり</rt></ruby>の<ruby>家<rt>いえ</rt></ruby>に<ruby>行<rt>い</rt></ruby>きます。<ruby>入<rt>い</rt></ruby>り<ruby>口<rt>ぐち</rt></ruby>で<ruby>何<rt>なん</rt></ruby>と<ruby>言<rt>い</rt></ruby>いますか。

F：1. おーい。

2. ごめんください。

3. <ruby>入<rt>はい</rt></ruby>りましたよ。

3番

おじさんに、<ruby>本<rt>ほん</rt></ruby>を<ruby>借<rt>か</rt></ruby>りました。<ruby>返<rt>かえ</rt></ruby>すとき、<ruby>何<rt>なん</rt></ruby>と<ruby>言<rt>い</rt></ruby>いますか。

M：1. ごちそうさまでした。

2. <ruby>失礼<rt>しつれい</rt></ruby>しました。

3. ありがとうございました。

4番

<ruby>八百屋<rt>やおや</rt></ruby>でトマトを<ruby>買<rt>か</rt></ruby>います。お<ruby>店<rt>みせ</rt></ruby>の<ruby>人<rt>ひと</rt></ruby>に<ruby>何<rt>なん</rt></ruby>と<ruby>言<rt>い</rt></ruby>いますか。

F：1. トマトをください。

2. トマト、いりますか。

3. トマトを<ruby>買<rt>か</rt></ruby>いました。

5番

<ruby>友達<rt>ともだち</rt></ruby>が<ruby>新<rt>あたら</rt></ruby>しい<ruby>服<rt>ふく</rt></ruby>を<ruby>着<rt>き</rt></ruby>ています。<ruby>何<rt>なん</rt></ruby>と<ruby>言<rt>い</rt></ruby>いますか。

F：1. ありがとう。

2. きれいなスカートですね。

3. どういたしまして。

問題4

1番

F：今、何時ですか。

M：1. 3月3日です。
　　2. 12時半です。
　　3. 5分間です。

2番

M：今日の夕飯は何ですか。

F：1. 7時にはできますよ。

　　2. カレーライスです。

　　3. レストランには行きません。

3番

M：そのサングラス、どこで買ったんですか。

F：1. 安かったです。
　　2. 駅の前のめがね屋さんです。
　　3. 先週の日曜日です。

4番

M：荷物が重いでしょう。私が持ちましょうか。

F：1. いえ、大丈夫です。

　　2. そうしましょう。

　　3. どういたしまして。

5番

F：今、どんな本を読んでいるのですか。

M：1. はい、そうです。

2. やさしい英語の本です。

3. 図書館で借りました。

6番

F：えんぴつを貸してくださいませんか。

M：1. はい、どうぞ。

2. ありがとうございます。

3. いいえ、いいです。

N5模擬試験　第三回

（此回合例題請參照第一回合例題）

問題1

1番

店で、男の子と店の人が話しています。男の子は、どのパンを買いますか。

M：甘いパンをください。

F：甘いのはいろいろありますよ。どれがいいですか。

M：甘いパンの中で、いちばん安いのはどれですか。

F：この3個100円のパンがいちばん安いです。いくつ買いますか。

M：6個ください。

男の子は、どのパンを買いますか。

2番

女の学生と男の学生が話しています。男の学生は、明日、何をしますか。

F：明日の土曜日は何をしますか。

M：今週は忙しくてよく寝なかったので、明日は一日中、寝ます。園田さんは？

F：午前中掃除や洗濯をして、午後はデパートに買い物に行きます。

M：デパートは、僕も行きたいです。あ、でも、宿題もまだでした。

F：えっ、あの宿題、月曜日まででしょう。1日では終わりませんよ。

男の学生は、明日、何をしますか。

3番

女の人と男の人が話しています。女の人は、これからどうしますか。

F：今日のお天気はどうですか。

M：テレビでは、曇りで、夕方から雨と言っていましたよ。

F：それでは、傘を持ったほうがいいですね。

M：3時頃までは大丈夫ですよ。

F：でも、帰りはたぶん5時頃になりますから、雨が降っているでしょう。

M：雨が降ったときは、僕が駅まで傘を持っていきますよ。

F：それでは、お願いします。

女の人は、これからどうしますか。

4番

女の人が外国人と話しています。女の人は、どんな料理を作りますか。

F：どんな料理が食べたいですか。

M：日本料理が食べたいです。

F：日本料理にはいろいろありますが、肉と魚ではどちらが好きですか。

M：そうですね。魚が好きです。

F：おはしを使うことができますか。

M：大丈夫です。

F：わかりました。できたらいっしょに食べましょう。

女の人は、どんな料理を作りますか。

5番

男の人と女の人が電話で話しています。男の人は何を買って帰りますか。

M：もしもし、今、駅に着きましたが、何か買って帰るものはありますか。

F：コーヒーをお願いします。

M：コーヒーだけでいいんですか。お茶は？

F：お茶はまだあります。あ、そうだ、コーヒーに入れる砂糖もお願いします。

M：わかりました。では、また。

男の人は何を買って帰りますか。

6番

女の人と店の人が話しています。女の人はどのコートを買いますか。

F：コートを買いたいのですが。

M：いろいろありますが、どんなコートですか。

F：長くて厚い冬のコートは持っていますので、春のコートがほしいです。

M：色や形は？

F：短くて白いコートがいいです。

M：それでは、このコートはいかがでしょう。

F：大きいボタンがかわいいですね。それを買います。

女の人はどのコートを買いますか。

7番

店で、女の人と店の人が話しています。女の人は、何を買いますか。

F：カメラを見せてください。

M：旅行に持って行くのですか。

F：はい、そうです。ですから、小さくて軽いのがいいです。

M：それなら、このカメラがいいですよ。カメラを入れるケースもあるほうがいいですね。

F：わかりました。それと、フィルムを１本ください。

M：はい。このフィルムはとてもきれいな色が出ますよ。

F：では、そのフィルムをください。

女の人は、何を買いますか。

問題2

1番

女の人と男の人が話しています。男の人はこれから何を買いますか。

F：何をさがしているのですか。

M：手紙を書きたいんです。ボールペンはどこでしょう。

F：手紙は万年筆で書いたほうがいいですよ。

M：そうですね。じゃあ、万年筆で書きます。書いてから、郵便局に行きます。

F：ポストなら、すぐそこにありますよ。

M：いえ、切手を買いたいんです。

男の人はこれから何を買いますか。

2番

会社で、女の人と男の人が話しています。男の人は、1週間に何キロメートル走っていますか。

F：竹内さんは、毎日走っているんですか。

M：1週間に3回走ります。1回に5キロメートルずつです。

F：いつ走っているんですか。

M：朝です。だけど、土曜日は夕方です。

男の人は、1週間に何キロメートル走っていますか。

3番

女の人と男の人が話しています。男の人が結婚したのは何年前ですか。

F：木村さんは何歳のときに結婚したんですか。

M：27歳で結婚しました。

F：へえ、そうなんですか。ところで、今、何歳ですか。

M：30歳です。

F：奥さんは何歳だったのですか。

M：25歳でした。

男の人が結婚したのは何年前ですか。

4番

男の人と女の人が話しています。男の人は、だれといっしょに出かけますか。

M：長沢さん、あのう、ぼくちょっと出かけます。

F：え、一人で銀行に行くつもりですか。私も行きますから、ちょっと待ってください。

M：あ、ぼくは買い物に行くだけですから、一人で大丈夫です。銀行には、加藤さんが行きます。

F：そうなんですか。銀行には、加藤さんが一人で行くんですか。

M：はい。社長が、長沢さんにはほかの仕事を頼みたいと言っていました。

男の人は、だれといっしょに出かけますか。

5番

男の人と女の人が話しています。女の人はどこで昼ごはんを食べますか。

M：12時ですね。本屋のそばの喫茶店に何か食べに行きませんか。

F：そうですねえ。でも……。

M：でも、何ですか。まだ食べたくないのですか。

F：そうではありませんが……。

M：どうしたんですか。

F：吉野くんが、いっしょにまるみや食堂で食べましょうと言っていたので……。

M：ああ、それでは、僕は大学の食堂で食べますよ。

女の人はどこで昼ごはんを食べますか。

6番

女の人と男の人が話しています。男の人は、昨日の午前中、何をしましたか。

F：昨日は何をしましたか。

M：宿題をしました。

F：一日中、宿題をしていたのですか。

M：いいえ、午後は海に行きました。

F：えっ、今は12月ですよ。海で泳いだのですか。

M：いえ、海の写真を撮りに行ったのです。

F：いい写真が撮れましたか。

M：だめでしたので、海のそばの食堂で、おいしい魚を食べて帰りましたよ。

男の人は、昨日の午前中、何をしましたか。

問題3

1番

店_{みせ}に人_{ひと}が入_{はい}ってきました。店_{みせ}の人_{ひと}は何_{なん}と言_いいますか。

Ｆ：1. ありがとうございました。

2. また、どうぞ。

3. いらっしゃいませ。

2番

知_しらない人_{ひと}に水_{みず}をかけました。何_{なん}と言_いいますか。

Ｆ：1. すみません。

2. こまります。

3. どうしましたか。

3番

会社_{かいしゃ}で、知_しらない人_{ひと}にはじめて会_あいます。何_{なん}と言_いいますか。

Ｍ：1. ありがとうございます。

2. はじめまして。

3. 失礼_{しつれい}しました。

4番

学校_{がっこう}から家_{いえ}に帰_{かえ}ります。友_{とも}だちに何_{なん}と言_いいますか。

Ｍ：1. じゃ、また明日_{あした}。

2. ごめんなさいね。

3. こちらこそ。

5番

ねます。家族_{かぞく}に何_{なん}と言_いいますか。

Ｆ：1. こんばんは。

2. おねなさい。

3. おやすみなさい。

問題4

1番

Ｆ：いつから歌を習っているのですか。

Ｍ：1. いつもです。
　　2. 12年間です。
　　3. 6歳のときからです。

2番

Ｍ：どこがいたいのですか。

Ｆ：1. はい、そうです。
　　2. 足です。
　　3. とてもいたいです。

3番

Ｍ：この仕事はいつまでにやりましょうか。

Ｆ：1. 夕方までです。
　　2. どうかやってください。
　　3. 大丈夫ですよ。

4番

Ｍ：いっしょに旅行に行きませんか。

Ｆ：1. はい、行きません。
　　2. いいえ、行きます。
　　3. はい、行きたいです。

5番

Ｆ：暗くなったので、電気をつけますね。

M：1. つけるでしょうか。

　　2. はい、つけてください。

　　3. いいえ、つけます。

6番

F：あなたは何人きょうだいですか。

M：1. 3人です。
　　2. 弟です。
　　3. 5人家族です。

N5模擬試験　第四回

（此回合例題請參照第一回合例題）

問題1

1番

男の人と女の人が話しています。女の人は、どれを取りますか。

M：今井さん、カップを取ってくださいませんか。

F：これですか。

M：それはお茶碗でしょう。コーヒーを飲むときのカップです。

F：ああ、こっちですね。

M：ええ、同じものが3個あるでしょう。2個取ってください。2時にお客さんが来ますから。

女の人は、どれを取りますか。

2番

女の学生と男の学生が話しています。男の学生はこのあとどうしますか。

F：もう宿題は終わりましたか。

M：まだなんです。うちの近くの本屋さんには、いい本がありませんでした。

F：本屋さんは、まんがや雑誌などが多いので、図書館の方がいいですよ。先生に聞きました。

M：そうですね。図書館に行って本をさがします。

男の学生はこのあとどうしますか。

3番

聽解

女の人と男の人が話しています。二人は、いつ海に行きますか。

F：毎日、暑いですね。

M：ああ、もう7月7日ですね。

F：いっしょに海に行きませんか。

M：7月中は忙しいので、来月はどうですか。

F：13日の水曜日から、おじいさんとおばあさんが来るんです。

M：じゃあ、その前の日曜日の10日に行きましょう。

二人は、いつ海に行きますか。

4番

女の人と男の人が話しています。女の人は、明日何時ごろ電話しますか。

F：明日の午後、電話したいんですが、いつがいいですか。

M：明日は、仕事が12時半までで、そのあと、午後の1時半にはバスに乗るから、その前に電話
　　してください。

F：わかりました。じゃあ、仕事が終わってから、バスに乗る前に電話します。

女の人は、明日何時ごろ電話しますか。

5番

駅で、男の人が女の人に電話をかけています。男の人は、初めにどこに行きますか。

M：今、駅に着きました。

F：わかりました。では、5番のバスに乗って、あおぞら郵便局というところで降りてください。
　　15分ぐらいです。

M：2番のバスですね。郵便局の前の……。

F：いいえ、5番ですよ。郵便局は降りるところです。

M：ああ、そうでした。わかりました。駅の近くにパン屋があるので、おいしいパンを買っていき
　　ますね。

F：ありがとうございます。では、郵便局の前で待っています。

男の人は、初めにどこに行きますか。

6番

<ruby>男<rt>おとこ</rt></ruby>の<ruby>人<rt>ひと</rt></ruby>と<ruby>女<rt>おんな</rt></ruby>の<ruby>人<rt>ひと</rt></ruby>が<ruby>話<rt>はな</rt></ruby>しています。<ruby>男<rt>おとこ</rt></ruby>の<ruby>人<rt>ひと</rt></ruby>はどれを<ruby>使<rt>つか</rt></ruby>いますか。

M：<ruby>行<rt>い</rt></ruby>ってきます。

F：えっ、<ruby>上<rt>うえ</rt></ruby>に<ruby>何<rt>なに</rt></ruby>も<ruby>着<rt>き</rt></ruby>ないで<ruby>出<rt>で</rt></ruby>かけるんですか。

M：ええ、<ruby>朝<rt>あさ</rt></ruby>は<ruby>寒<rt>さむ</rt></ruby>かったですが、<ruby>今<rt>いま</rt></ruby>はもう<ruby>暖<rt>あたた</rt></ruby>かいので、いりません。

F：でも、<ruby>今日<rt>きょう</rt></ruby>は<ruby>午後<rt>ごご</rt></ruby>からまた<ruby>寒<rt>さむ</rt></ruby>くなりますよ。

M：そうですか。じゃ、<ruby>着<rt>き</rt></ruby>ます。

<ruby>男<rt>おとこ</rt></ruby>の<ruby>人<rt>ひと</rt></ruby>はどれを<ruby>使<rt>つか</rt></ruby>いますか。

7番

<ruby>女<rt>おんな</rt></ruby>の<ruby>人<rt>ひと</rt></ruby>と<ruby>男<rt>おとこ</rt></ruby>の<ruby>人<rt>ひと</rt></ruby>が<ruby>話<rt>はな</rt></ruby>しています。<ruby>男<rt>おとこ</rt></ruby>の<ruby>人<rt>ひと</rt></ruby>は<ruby>卵<rt>たまご</rt></ruby>を<ruby>全部<rt>ぜんぶ</rt></ruby>で<ruby>何個<rt>なんこ</rt></ruby>買<rt>か</rt>いますか。

F：スーパーで<ruby>卵<rt>たまご</rt></ruby>を<ruby>買<rt>か</rt></ruby>ってきてください。

M：<ruby>箱<rt>はこ</rt></ruby>に10<ruby>個<rt>こ</rt></ruby><ruby>入<rt>はい</rt></ruby>っているのでいいですか。

F：<ruby>お客<rt>きゃく</rt></ruby>さんが<ruby>来<rt>く</rt></ruby>るので、それだけじゃ<ruby>少<rt>すく</rt></ruby>ないです。

M：あと<ruby>何個<rt>なんこ</rt></ruby>いるんですか。

F：<ruby>箱<rt>はこ</rt></ruby>に6<ruby>個<rt>こ</rt></ruby><ruby>入<rt>はい</rt></ruby>っているのがあるでしょう。それもお<ruby>願<rt>ねが</rt></ruby>いします。

M：わかりました。

<ruby>男<rt>おとこ</rt></ruby>の<ruby>人<rt>ひと</rt></ruby>は<ruby>卵<rt>たまご</rt></ruby>を<ruby>全部<rt>ぜんぶ</rt></ruby>で<ruby>何個<rt>なんこ</rt></ruby>買<rt>か</rt>いますか。

問題2

1番

<ruby>女<rt>おんな</rt></ruby>の<ruby>人<rt>ひと</rt></ruby>が、<ruby>男<rt>おとこ</rt></ruby>の<ruby>人<rt>ひと</rt></ruby>に<ruby>話<rt>はな</rt></ruby>しています。<ruby>女<rt>おんな</rt></ruby>の<ruby>人<rt>ひと</rt></ruby>のねこはどれですか。

F：<ruby>私<rt>わたし</rt></ruby>のねこがいなくなったのですが、<ruby>知<rt>し</rt></ruby>りませんか。

M：どんなねこですか。

F：まだ<ruby>子<rt>こ</rt></ruby>どもなので、あまり<ruby>大<rt>おお</rt></ruby>きくありません。

M：どんな<ruby>色<rt>いろ</rt></ruby>ですか。

F：<ruby>右<rt>みぎ</rt></ruby>の<ruby>耳<rt>みみ</rt></ruby>と<ruby>右<rt>みぎ</rt></ruby>の<ruby>足<rt>あし</rt></ruby>が<ruby>黒<rt>くろ</rt></ruby>くて、ほかは<ruby>白<rt>しろ</rt></ruby>いねこです。

<ruby>女<rt>おんな</rt></ruby>の<ruby>人<rt>ひと</rt></ruby>のねこはどれですか。

2番

女の人と男の人が話しています。男の人はどうして海が好きなのですか。

F：今年の夏、山と海と、どちらに行きたいですか。

M：海です。

F：なぜ海に行きたいのですか。泳ぐのですか。

M：いえ、泳ぐのではありません。おいしい魚が食べたいからです。

F：そうですか。私は山に行きたいです。山は涼しいですよ。それから、山にはいろいろな花がさ
いています。

男の人はどうして海が好きなのですか。

3番

男の人と女の人が話しています。男の人のお兄さんはどの人ですか。

M：私の兄が友だちと写っている写真です。

F：どの人がお兄さんですか。

M：白いシャツを着ている人です。

F：眼鏡をかけている人ですか。

M：いいえ、眼鏡はかけていません。本を持っています。兄はとても本が好きなのです。

男の人のお兄さんはどの人ですか。

4番

男の人と女の人が話しています。女の人は、いつ、ギターの教室に行きますか。

M：おや、ギターを持って、どこへ行くのですか。

F：ギターの教室です。3年前からギターを習っています。

M：毎日、教室に行くのですか。

F：いいえ。火曜日の午後だけです。

M：家でも練習しますか。

F：仕事が終わったあと、家でときどき練習します。

女の人は、いつ、ギターの教室に行きますか。

5番

男の人と女の人が話しています。女の人は、日曜日の午後、何をしましたか。

M：日曜日は、何をしましたか。

F：雨が降ったので、洗濯はしませんでした。午前中、部屋の掃除をして、午後は出かけました。

M：へえ、どこに行ったのですか。

F：家の近くの喫茶店で、コーヒーを飲みながら音楽を聞きました。

M：買い物には行きませんでしたか。

F：行きませんでした。

女の人は、日曜日の午後、何をしましたか。

6番

男の留学生と女の学生が話しています。男の留学生が質問している字はどれですか。

M：ゆみこさん、これは「おおきい」という字ですか。

F：いえ、ちがいます。

M：それでは、「ふとい」という字ですか。

F：いいえ。「ふとい」という字は、「おおきい」の中に点がついています。でも、この字は「大きい」の右上に点がついていますね。

M：なんと読みますか。

F：「いぬ」と読みます。

男の留学生が質問している字はどれですか。

問題3

1番

友だちが「ありがとう。」と言いました。何と言いますか。

F：1. どういたしまして。

2. どうしまして。

3. どういたしましょう。

2番

夜、道で人に会いました。何と言いますか。

M：1. こんばんは。

2. こんにちは。

3. 失礼します。

3番

ご飯が終わりました。何と言いますか。

M：1. ごちそうさま。

2. いただきます。

3. すみませんでした。

4番

映画館でいすにすわります。隣の人に何と言いますか。

M：1. ここにすわっていいですか。

2. このいすはだれですか。

3. ここにすわりましたよ。

5番

友達と映画に行きたいです。何と言いますか。

M：1. 映画を見ましょうか。

2. 映画を見ますね。

3. 映画を見に行きませんか。

問題4

1番

F：コーヒーと紅茶とどちらがいいですか。

M：1. はい、そうしてください。

2. コーヒーをお願いします。

3. どちらもいいです。

2番

M：ここに名前を書いてくださいませんか。

F：1. はい、わかりました。

2. どうも、どうも。

3. はい、ありがとうございました。

3番

M：どうしたのですか。

F：1. 財布がないからです。

2. 財布をなくしたのです。

3. 財布がなくて困ります。

4番

M：この車には何人乗りますか。

F：1. 私の車です。

2. 3人です。

3. 先に乗ります。

5番

F：何時ごろ、出かけましょうか。

M：1. 10時ごろにしましょう。

2. 8時に出かけました。

3. お兄さんと出かけます。

6番

F：ここには、何回来ましたか。

M：1. 10歳のときに来ました。

2. 初めてです。

3. 母<ruby>と来<rt>はは き</rt></ruby>ました。

N5模擬試験　第五回

<ruby>エヌ<rt></rt></ruby> <ruby>もぎしけん<rt></rt></ruby> <ruby>だいごかい<rt></rt></ruby>

（此回合例題請參照第一回合例題）

問題1

1番

<ruby>男<rt>おとこ</rt></ruby>の<ruby>人<rt>ひと</rt></ruby>と<ruby>女<rt>おんな</rt></ruby>の<ruby>人<rt>ひと</rt></ruby>が<ruby>話<rt>はな</rt></ruby>しています。<ruby>男<rt>おとこ</rt></ruby>の<ruby>人<rt>ひと</rt></ruby>は、この<ruby>後<rt>あと</rt></ruby>、<ruby>何<rt>なに</rt></ruby>を<ruby>食<rt>た</rt></ruby>べますか。

M：<ruby>晩<rt>ばん</rt></ruby>ご<ruby>飯<rt>はん</rt></ruby>、おいしかったですね。この<ruby>後<rt>あと</rt></ruby>、<ruby>何<rt>なに</rt></ruby>か<ruby>食<rt>た</rt></ruby>べますか。

F：<ruby>果物<rt>くだもの</rt></ruby>が<ruby>食<rt>た</rt></ruby>べたいです。それから、<ruby>紅茶<rt>こうちゃ</rt></ruby>もほしいです。

M：<ruby>僕<rt>ぼく</rt></ruby>は、<ruby>果物<rt>くだもの</rt></ruby>よりおかしが<ruby>好<rt>す</rt></ruby>きだから、ケーキにします。

F：<ruby>私<rt>わたし</rt></ruby>もケーキは<ruby>好<rt>す</rt></ruby>きですが、<ruby>太<rt>ふと</rt></ruby>るので、<ruby>晩<rt>ばん</rt></ruby>ご<ruby>飯<rt>はん</rt></ruby>の<ruby>後<rt>あと</rt></ruby>には<ruby>食<rt>た</rt></ruby>べません。

<ruby>男<rt>おとこ</rt></ruby>の<ruby>人<rt>ひと</rt></ruby>は、この<ruby>後<rt>あと</rt></ruby>、<ruby>何<rt>なに</rt></ruby>を<ruby>食<rt>た</rt></ruby>べますか。

2番

<ruby>学校<rt>がっこう</rt></ruby>で、<ruby>女<rt>おんな</rt></ruby>の<ruby>人<rt>ひと</rt></ruby>と<ruby>男<rt>おとこ</rt></ruby>の<ruby>人<rt>ひと</rt></ruby>が<ruby>話<rt>はな</rt></ruby>しています。<ruby>男<rt>おとこ</rt></ruby>の<ruby>人<rt>ひと</rt></ruby>は、<ruby>後<rt>あと</rt></ruby>でどこに<ruby>行<rt>い</rt></ruby>きますか。

F：<ruby>山田先生<rt>やまだせんせい</rt></ruby>があなたをさがしていましたよ。

M：えっ、どこでですか。

F：<ruby>教室<rt>きょうしつ</rt></ruby>の<ruby>前<rt>まえ</rt></ruby>のろうかでです。あなたのさいふが<ruby>学校<rt>がっこう</rt></ruby>の<ruby>食堂<rt>しょくどう</rt></ruby>に<ruby>落<rt>お</rt></ruby>ちていたと<ruby>言<rt>い</rt></ruby>っていましたよ。

M：そうですか。<ruby>山田先生<rt>やまだせんせい</rt></ruby>は<ruby>今<rt>いま</rt></ruby>、どこにいるのですか。

F：さっきまで<ruby>先生方<rt>せんせいがた</rt></ruby>の<ruby>部屋<rt>へや</rt></ruby>にいましたが、もう<ruby>授業<rt>じゅぎょう</rt></ruby>が<ruby>始<rt>はじ</rt></ruby>まったので、<ruby>B組<rt>ビーぐみ</rt></ruby>の<ruby>教室<rt>きょうしつ</rt></ruby>にいます。

M：じゃ、<ruby>授業<rt>じゅぎょう</rt></ruby>が<ruby>終<rt>お</rt></ruby>わる<ruby>時間<rt>じかん</rt></ruby>に、ちょっと<ruby>行<rt>い</rt></ruby>ってきます。

<ruby>男<rt>おとこ</rt></ruby>の<ruby>人<rt>ひと</rt></ruby>は、<ruby>後<rt>あと</rt></ruby>でどこに<ruby>行<rt>い</rt></ruby>きますか。

3番

<ruby>店<rt>みせ</rt></ruby>で、<ruby>女<rt>おんな</rt></ruby>の<ruby>人<rt>ひと</rt></ruby>と<ruby>店<rt>みせ</rt></ruby>の<ruby>人<rt>ひと</rt></ruby>が<ruby>話<rt>はな</rt></ruby>しています。<ruby>店<rt>みせ</rt></ruby>の<ruby>人<rt>ひと</rt></ruby>は、どのかばんを<ruby>取<rt>と</rt></ruby>りますか。

F：<ruby>子<rt>こ</rt></ruby>どもが<ruby>学校<rt>がっこう</rt></ruby>に<ruby>持<rt>も</rt></ruby>っていくかばんはありますか。

M：お<ruby>子<rt>こ</rt></ruby>さんはいくつですか。

F：12<ruby>歳<rt>さい</rt></ruby>です。

M：では、あれはどうですか。絵がついていない、白いかばんです。大きいので、にもつがたくさん入りますよ。動物の絵がついているのは、小さいお子さんが使うものです。

店の人は、どのかばんを取りますか。

4番

女の留学生と男の留学生が話しています。男の留学生は、夏休みにまず何をしますか。

F：夏休みには、何をしますか。

M：プールで泳ぎたいです。本もたくさん読みたいです。それから、すずしいところに旅行にも行きたいです。

F：わたしの学校は、夏休みの宿題がたくさんありますよ。あなたの学校は？

M：ありますよ。日本語で作文を書くのが宿題です。宿題をやってから遊ぶつもりです。

男の留学生は、夏休みにまず何をしますか。

5番

ペットの店で、男のお店の人と女の客が話しています。女の客はどれを買いますか。

M：あの大きな犬はいかがですか。

F：家がせまいから、小さい動物の方がいいんですが。

M：では、あの毛が長くて小さい犬は？かわいいでしょう。

F：あのう、犬よりねこのほうが好きなんです。

M：じゃ、あの白くて小さいねこは？かわいいでしょう。

F：あ、かわいい。まだ子ねこですね。

M：鳥も小さいですよ。

F：いえ、もうあっちに決めました。

女の客はどれを買いますか。

6番

女の人と男の人が話しています。男の人は、このあと初めに何をしますか。

F：おかえりなさい。寒かったでしょう。今、部屋を暖かくしますね。

M：うん、ありがとう。

F：熱いコーヒーを飲みますか。すぐ晩ご飯を食べますか。

M：晩ご飯の前に、おふろのほうがいいです。

F：どうぞ。おふろも用意してあります。

男の人は、このあと初めに何をしますか。

7番

男の人とホテルの女の人が話しています。男の人は、どこで晩ご飯を食べますか。

M：晩ご飯をまだ食べていません。近くにレストランはありますか。

F：駅の近くにありますが、ホテルからは遠いです。タクシーを呼びましょうか。

M：そうですね……。パン屋はありますか。

F：パンは、ホテルの中の店で売っています。

M：そうですか。疲れていますので、パンを買って、部屋で食べたいです。

F：パン屋はフロントの前です。

男の人は、どこで晩ご飯を食べますか。

問題2

1番

男の留学生と日本の女の人が話しています。「つゆ」とは何ですか。

M：今日も雨で、嫌ですね。

F：日本では、6月ごろは雨が多いんです。「つゆ」と言います。

M：雨がたくさん降るのが「つゆ」なんですね。

F：いいえ。秋にも雨がたくさん降りますが、「つゆ」とは言いません。

M：6月ごろ降る雨の名前なんですか。知りませんでした。

「つゆ」とは何ですか。

2番

女の人と男の人が話しています。女の人は、どんな結婚式をしたいですか。

F：昨日、姉が結婚しました。

M：おめでとうございます。

F：ありがとうございます。

M：にぎやかな結婚式でしたか。

F：はい、友達がおおぜい来て、みんなで歌を歌いました。

M：よかったですね。あなたはどんな結婚式がしたいですか。

F：私は、家族だけの静かな結婚式がしたいです。

M：それもいいですね。私は、どこか外国で結婚式をしたいです。

女の人は、どんな結婚式をしたいですか。

3番

女の人と男の人が、電話で話しています。今、男の人がいるところは、どんな天気ですか。

F：寒くなりましたね。

M：そうですね。テレビでは、午前中はくもりで、午後から雪が降ると言っていましたよ。

F：そうなんですか。そちらでは、雪はもう降っていますか。

M：まだ、降っていません。でも、今、雨が降っているので、夜は雪になるでしょう。

今、男の人がいるところは、どんな天気ですか。

4番

男の人と女の人が話しています。女の人は、ぜんぶでいくら買い物をしましたか。

M：たくさん買い物をしましたね。お酒も買ったのですか。いくらでしたか。

F：1本 1,500 円です。2本買いました。

M：お酒は高いですね。そのほかに何を買いましたか。

F：パンとハム、それに卵を買いました。パーティーの料理にサンドイッチを作ります。

M：パンとハムと卵でいくらでしたか。

F：2,500 円でした。

女の人は、ぜんぶでいくら買い物をしましたか。

5番

女の学生と男の学生が話しています。二人は、今日は何で帰りますか。

F：あ、佐々木さん。いつもこのバスで帰るんですか。

M：いいえ、お金がないから、自転車です。天気が悪いときは、歩きます。

F：今日はどうしたんですか。

M：足が痛いんです。小野さんは、いつも地下鉄ですよね。

F：ええ、でも今日は、電気が止まって地下鉄が走っていないんです。

M：そうですか。

二人は、今日は何で帰りますか。

6番

女の人と店の男の人が話しています。女の人はかさをいくらで買いましたか。

F：すみません。このかさは、いくらですか。

M：2,500円です。前は2,800円だったのですよ。

F：300円安くなっているのですね。同じかさで、赤いのはないですか。

M：ないですね。では、もう200円安くしますよ。買ってください。

F：じゃあ、そのかさをください。

女の人はかさをいくらで買いましたか。

問題3

1番

向こうにある荷物がほしいです。何と言いますか。

F：1. すみませんが、あの荷物を取ってくださいませんか。

　　2. おつかれさまですが、あれを取りませんか。

　　3. 大丈夫ですが、あれを取ってください。

2番

先生の部屋から出ます。何と言いますか。

M：1. おはようございます。

　　2. 失礼しました。

　　3. おやすみなさい。

3番

会社に遅れました。会社の人に何と言いますか。

M：1. 僕も忙しいのです。

　　2. 遅れたかなあ。

　　3. 遅れて、すみません。

4番

ボールペンを忘れました。そばの人に何と言いますか。

F：1. ボールペンを貸してくださいませんか。

　　2. ボールペンを借りてくださいませんか。

　　3. ボールペンを貸しましょうか。

5番

メロンパンを買います。何と言いますか。

M：1. メロンパンでもください。

　　2. メロンパンをください。

　　3. メロンパンはおいしいですね。

問題4

1番

F：誕生日はいつですか。

M：1. 8月3日です。

　　2. 24歳です。

　　3. まだです。

2番

M：この花はいくらですか。

F：1. スイートピーです。

　　2. 3本で400円です。

3. 春の花です。
は
な

3番

M：きらいな食べ物はありますか。
た　もの

F：1. 野菜がきらいです。
や　さい

　　2. くだものがすきです。

　　3. スポーツがきらいです。

4番

F：この洋服、どうでしょう。
よ う ふ く

M：1. 5,800円ぐらいでしょう。
えん

　　2. 白いシャツです。
しろ

　　3. きれいですね。

5番

F：外国旅行は好きですか。
が い こ く り ょ こ う　す

M：1. 好きなほうです。
す

　　2. はい、行きました。
い

　　3. いいえ、ありません。

6番

F：あなたの国は、どんなところですか。
くに

M：1. おいしいところです。

　　2. とてもかわいいです。

　　3. 海がきれいなところです。
うみ

N5模擬試驗　第六回

（此回合例題請參照第一回合例題）

問題1

1番

デパートで、男の人と店の人が話しています。男の人はどのネクタイを買いますか。

M：青いシャツにしめるネクタイを探しているんですが……。

F：何色が好きですか。

M：ここにあるのは、どれもいい色ですね。

F：何の絵のがいいですか。

M：ガラスのケースの中の、鍵の絵のはおもしろいですね。青いシャツにも合うでしょうか。

F：大丈夫ですよ。

男の人はどのネクタイを買いますか。

2番

男の人と女の人が話しています。男の人ははじめにどこへ行きますか。

M：これから銀行に行くんですが、この手紙、家の前のポストに入れましょうか。

F：いえ、それは、まだ切手を貼っていないので、あとでわたしが郵便局に行って出しますよ。

M：それじゃ、銀行に行く前にぼくが郵便局に行きますよ。

F：そう。では、そうしてください。

M：わかりました。銀行に行ってお金を預けたら、すぐ帰ります。

男の人ははじめにどこへ行きますか。

3番

お母さんが子どもたちに話しています。まり子は何をしますか。

F1：今日はおじいさんの誕生日ですから、料理をたくさん作りますよ。はな子はテーブルにお皿を並べて、さち子は冷蔵庫からお酒を出してください。

F2：わたしは？

F1：まり子は、テーブルに花をかざってください。

まり子は何をしますか。

4番

女の人と男の人が話しています。男の人は、何で病院に行きますか。

F：顔色が青いですよ。

M：電車の中でおなかが痛くなったんです。

F：すぐ、近くの病院へ行った方がいいですね。

M：でも、病院まで歩きたくありません。

F：自転車は？

M：いえ、すみませんが、タクシーをよんでくださいませんか。

男の人は、何で病院に行きますか。

5番

会社で、女の人と男の人が話しています。男の人は今から何をしますか。

F：佐藤さん、ちょっといいですか。

M：何でしょう。今、仕事で使う本を読んでいるんですが。

F：ちょっと買い物を頼みたいんです。

M：2時にお客さんが来ますよ。

F：その、お客さんに出すものですよ。

M：わかりました。何を買いましょうか。

F：何か果物をお願いします。私はお茶の用意をします。

男の人は今から何をしますか。

6番

女の人と店の男の人が話しています。店の男の人はどの時計をとりますか。

F：時計を買いたいのですが。

M：壁にかける大きな時計ですか。机の上などに置く時計ですか。

F：いえ、腕にはめる腕時計です。目が悪いので、数字が大きくてはっきりしているのがいいです。

M：わかりました。ちょうどいいのがありますよ。

店の男の人はどの時計をとりますか。

7番

<ruby>女<rt>おんな</rt></ruby>の<ruby>人<rt>ひと</rt></ruby>と<ruby>男<rt>おとこ</rt></ruby>の<ruby>人<rt>ひと</rt></ruby>が<ruby>話<rt>はな</rt></ruby>しています。<ruby>男<rt>おとこ</rt></ruby>の<ruby>人<rt>ひと</rt></ruby>は、<ruby>何<rt>なに</rt></ruby>で<ruby>名前<rt>なまえ</rt></ruby>を<ruby>書<rt>か</rt></ruby>きますか。

F：ここに<ruby>名前<rt>なまえ</rt></ruby>を<ruby>書<rt>か</rt></ruby>いてください。

M：はい。<ruby>鉛筆<rt>えんぴつ</rt></ruby>でいいですね。

F：いえ、<ruby>鉛筆<rt>えんぴつ</rt></ruby>はよくないです。

M：どうしてですか。

F：<ruby>鉛筆<rt>えんぴつ</rt></ruby>の<ruby>字<rt>じ</rt></ruby>は<ruby>消<rt>き</rt></ruby>えるので、ボールペンか、<ruby>万年筆<rt>まんねんひつ</rt></ruby>で<ruby>書<rt>か</rt></ruby>いてください。<ruby>色<rt>いろ</rt></ruby>は、<ruby>黒<rt>くろ</rt></ruby>か<ruby>青<rt>あお</rt></ruby>です。

M：わかりました。<ruby>万年筆<rt>まんねんひつ</rt></ruby>は<ruby>持<rt>も</rt></ruby>っていないので、これでいいですね。

F：はい、<ruby>青<rt>あお</rt></ruby>のボールペンなら<ruby>大丈夫<rt>だいじょうぶ</rt></ruby>です。

<ruby>男<rt>おとこ</rt></ruby>の<ruby>人<rt>ひと</rt></ruby>は、<ruby>何<rt>なに</rt></ruby>で<ruby>名前<rt>なまえ</rt></ruby>を<ruby>書<rt>か</rt></ruby>きますか。

問題2

1番

<ruby>男<rt>おとこ</rt></ruby>の<ruby>人<rt>ひと</rt></ruby>が、<ruby>外国<rt>がいこく</rt></ruby>から<ruby>来<rt>き</rt></ruby>た<ruby>友達<rt>ともだち</rt></ruby>に<ruby>話<rt>はなし</rt></ruby>をしています。たたみのへやに<ruby>入<rt>はい</rt></ruby>るときは、どうしますか。

M：<ruby>家<rt>いえ</rt></ruby>に<ruby>入<rt>はい</rt></ruby>るときは、げんかんでくつをぬいでください。

F：くつをぬいで、スリッパをはくのですね。

M：そうです。あ、ここでは、スリッパもぬいでください。

F：えっ、スリッパもぬぐのですか。どうしてですか。

M：たたみのへやでは、スリッパははかないのです。あ、くつしたはそのままでいいですよ。

たたみのへやに<ruby>入<rt>はい</rt></ruby>るときは、どうしますか。

2番

<ruby>女<rt>おんな</rt></ruby>の<ruby>留学生<rt>りゅうがくせい</rt></ruby>と、<ruby>男<rt>おとこ</rt></ruby>の<ruby>先生<rt>せんせい</rt></ruby>が<ruby>話<rt>はな</rt></ruby>しています。<ruby>女<rt>おんな</rt></ruby>の<ruby>留学生<rt>りゅうがくせい</rt></ruby>は、なんという<ruby>言葉<rt>ことば</rt></ruby>の<ruby>読<rt>よ</rt></ruby>み<ruby>方<rt>かた</rt></ruby>がわかりませんでしたか。

F：<ruby>先生<rt>せんせい</rt></ruby>、この<ruby>言葉<rt>ことば</rt></ruby>の<ruby>読<rt>よ</rt></ruby>み<ruby>方<rt>かた</rt></ruby>がわかりません。<ruby>教<rt>おし</rt></ruby>えてください。

M：この<ruby>言葉<rt>ことば</rt></ruby>ですか。「さいふ」ですよ。

F：それは<ruby>何<rt>なん</rt></ruby>ですか。

M：お<ruby>金<rt>かね</rt></ruby>を<ruby>入<rt>い</rt></ruby>れる<ruby>入<rt>い</rt></ruby>れ<ruby>物<rt>もの</rt></ruby>のことですよ。

F：ああ、そうですか。ありがとうございました。

女の留学生は、なんという言葉の読み方がわかりませんでしたか。

3番

パーティーで、女の人と男の人が話しています。男の人は、初めに何をしたいですか。

F：冷たい飲み物はいかがですか。

M：今は飲み物はいりません。灰皿を貸してくださいませんか。

F：たばこは外で吸ってください。こちらです。

M：ああ、ありがとう。きれいな庭ですね。たばこを吸ってから、中でおすしをいただきます。

男の人は、初めに何をしたいですか。

4番

会社で、男の人と女の人が話しています。会社に来たのは、どの人ですか。

M：増田さんがいないとき、井上さんという人が来ましたよ。

F：男の人でしたか。

M：いいえ、女の人でした。仕事で来たのではなくて、増田さんのお友達だと言っていましたよ。

F：井上という女の友達は、二人います。どちらでしょう。眼鏡をかけていましたか。

M：いいえ、眼鏡はかけていませんでした。背が高い人でしたよ。

会社に来たのは、どの人ですか。

5番

男の人と女の人が話しています。女の人の赤ちゃんは、いつうまれましたか。

M：あなたは3年前に東京に来ましたね。いつ結婚しましたか。

F：今から2年前です。去年の秋に子どもが生まれました。

M：男の子ですか。

F：いいえ、女の子です。

M：3人家族ですね。

F：ええ。でも、今年の春から犬も私たちの家族になりました。

女の人の赤ちゃんは、いつうまれましたか。

6番

男の人と女の人が話しています。二人はどうして有名なレストランで晩ご飯を食べませんか。

M：あのきれいな店で晩ご飯を食べましょう。

F：あの店は有名なレストランです。お金がたくさんかかりますよ。

M：大丈夫ですよ。お金はたくさん持っています。

F：でも、違うお店に行きましょう。

M：どうしてですか。

F：ネクタイをしめていない人は、あの店に入ることができないのです。

M：そうですか。では、駅の近くの食堂に行きましょう。

二人はどうして有名なレストランで晩ご飯を食べませんか。

問題3

1番

人の話がよくわかりませんでした。何と言いますか。

F：1. もう一度話してください。

2. もしもし。

3. よくわかりました。

2番

おいしい料理を食べました。何と言いますか。

M：1. よくできましたね。

2. とてもおいしかったです。

3. ごちそうしました。

3番

バスに乗ります。バスの会社の人に何と聞きますか。

M：1. このバスですか。

2. 山下駅はどこですか。

3. このバスは、山下駅に行きますか。

4番

客に肉の焼き方を聞きます。何と言いますか。

M：1. よく焼いたほうがおいしいですか。

2. 焼き方はどれくらいがいいですか。

3. 何の肉が好きですか。

5番

部屋にいる人たちがうるさいです。何と言いますか。

M：1. 少し、静かにしてください。

2. 少し、うるさくしてくださいませんか。

3. 少してつだってください。

問題4

1番

F：あなたは今いくつですか。

M：1. 5人家族です。

2. 22歳です。

3. 日本に来て8年です。

2番

M：どこで写真をとったのですか。

F：1. このレストランでとりたいです。

2. あのレストランです。

3. いいえ、とりません。

3番

M：どの人が鈴木さんですか。

F：1. 私^{わたし}の友達^{ともだち}です。

2. あの、青^{あお}いシャツを着^きている人^{ひと}です。

3. 1年前^{ねんまえ}に日本^{にほん}に来^きました。

4番

M：いちばん好^すきな色^{いろ}は何^{なん}ですか。

F：1. 黄色^{きいろ}です。

2. 青^{あお}いのです。

3. 赤^{あか}い花^{はな}です。

5番

F：もう晩^{ばん}ご飯^{はん}を食^たべましたか。

M：1. いいえ、まだです。

2. はい、まだです。

3. いいえ、食^たべました。

6番

M：ご主人^{しゅじん}は何^{なに}で会社^{かいしゃ}に行^いきますか。

F：1. 1時間^{じかん}です。

2. 電車^{でんしゃ}です。

3. 毎日^{まいにち}です。

問題 1　　　　　　　　　　　　　　P8-9

例　　　　　　　　　　　　解答：**1**

▲ 像動詞、形容詞等有語尾活用變化的字，唸法通常是訓讀，「大きい（大的）」、「大きな」分別讀作「おおきい」、「おおきな」；「大」音讀則唸作「だい」，如「大学／だいがく（大學）」等。

1　　　　　　　　　　　　　解答：**4**

▲「会」與「社」二字組合用音讀，合起來唸作「かいしゃ（公司）」。另外，「会う（見面）」用訓讀，讀作「あう」。請留意，「社」音讀是拗音「しゃ」，別唸成「しや」囉。

2　　　　　　　　　　　　　解答：**2**

▲「何」訓讀是「なに」或「なん」，通常表示「多少」時，讀作「なん」（表示「什麼」時，則較常讀作「なに」）。「人」用在表示「人數」時，用音讀讀作「にん」；「人」字另一個音讀讀作「じん」，而訓讀讀作「ひと」。

3　　　　　　　　　　　　　解答：**2**

▲「海（海）」字單獨使用時要用訓讀，讀作「うみ」；音讀則唸作「かい」，如「海外／かいがい（國外）」等。請注意「海」右半部的寫法，跟中文「海」右半部的「每」不同。

4　　　　　　　　　　　　　解答：**1**

▲「外（外面）」字單獨使用時要用訓讀，唸作「そと」；音讀則唸作「がい」，如「外国／がいこく（外國）」等。

5　　　　　　　　　　　　　解答：**3**

▲「音」加上「楽」，合起來表示「音樂」的意思，用音讀，唸作「おんがく（音樂）」。「音」字單獨使用時要用訓讀，讀作「おと（聲音）」。「楽」字另一個音讀讀作「らく（快樂）」，而「楽しい（開心的）」要用訓讀，讀作「たのしい」。

6　　　　　　　　　　　　　解答：**4**

▲ 有語尾活用變化的字，唸法通常是訓讀，「近い（近的）」讀作「ちかい」；「近」音讀則唸作「きん」，如「近所／きんじょ（附近）」等。

7　　　　　　　　　　　　　解答：**1**

▲「月」表示「月亮」的意思，用訓讀，唸作「つき」；音讀讀作「がつ（月）」或「げつ（月；星期一的簡稱）」。

8　　　　　　　　　　　　　解答：**3**

▲「町」表示「人潮聚集的城鎮」時用訓讀，唸作「まち」；表示「地區行政單位」時用訓讀「まち」，或用音讀，讀作「ちょう」。

9　　　　　　　　　　　　　解答：**2**

▲「午」與「後」合起來表示「下午」的意思，用音讀，唸作「ごご」；「後」的訓讀有「あと（後面；以後）」、「うしろ（後面；背面）」等唸法。

10　　　　　　　　　　　　　解答：**4**

▲ 一般來說，「兄」表示「哥哥」的意思，用訓讀，唸作「あに」；「兄」音讀有「きょう」唸法，如「兄弟／きょうだい（兄弟姊妹）」等。

問題2　P10-11

例　解答：2

▲「はな」是漢字「花」的訓讀，小心書寫「花」字時，上方草字頭的那一橫必須連起來。請注意，名詞「鼻（鼻子）」也用訓讀讀作「はな」。

11　解答：1

▲「ぷ」母音是「u」，後接「う（u）」，必須讀作長音。請留意，長音的片假名表記橫寫是「ー」，直寫是「丨」，以及半濁音記號是在右上角打圈，而不是點點。

12　解答：2

▲這一動詞辭書形是「困る（為難）」，要用訓讀，讀作「こまる」。

13　解答：4

▲「さむい」是形容詞「寒い（寒冷）」的訓讀。其反義詞是「あつい／暑い（熱的）」，也一同記起來吧。

14　解答：2

▲「かね」是漢字「金（金錢）」的訓讀。從字形大致可以聯想出字義，但背單字時別把「かね」混淆成假名相似的「かわ／川（河川）」囉。

15　解答：3

▲「みぎ」是漢字「右（右邊）」的訓讀。其反義詞是「ひだり／左（左邊）」，也一同記起來吧。

16　解答：1

▲「しろい」是形容詞「白い（白的）」的訓讀。另外，作名詞是「しろ／白（白色）」。這個單字意思與中文相同，但背單字時別把「しろ」混淆成假名相似的「しる／知る（知道）」囉。

17　解答：4

▲「やすむ」是動詞「休む（休息）」的訓讀。作名詞是「やすみ／休み（休息；休假）」。請注意，形容詞「安い（便宜的）」的「安」訓讀也讀作「やす」。

18　解答：2

▲「なく」是動詞「鳴く（鳴叫）」的訓讀。請注意，動詞「泣く（哭泣）」的「泣」訓讀也讀作「な」。

問題3　P12-13

例　解答：3

▲用「～に～がいます（…有…）」句型，表示某處存在某個有生命的人或動物。

19　解答：4

▲題目句描述鞋店在（　）的二樓，由「みせ（商店）」可以對應到答案的「デパート（百貨公司）」。

20　解答：2

▲「ので（因為）」表示理由，所以可以從前項的「つかれた（疲倦了）」，推出後項的「やすみましょう（休息吧）」。

21　解答：4

▲「ので（因為）」表示因果關係。從前項「あめになりました（下雨了）」知道下了雨，因此推出後項是向朋友「かさをかりました（借了把傘）」。

22　解答：1

▲「形容詞くて」可以表示原因。從「そらがくもって（天空陰沉沉的）」知道由於天空轉陰的關係，導致屋子裡「くらくなりました（變暗了）」。「形容詞く＋なります（變得…）」表示事物的變化。

23 解答：3

▲ 題目問的是量詞。在日語中，表示「ほん（書籍）」的數量時，必須用「さつ（本）」。

24 解答：2

▲ 這一題關鍵是用動詞修飾名詞的句型「名詞＋動詞」。「しゃしんをとる」是「拍照」的意思，所以這裡的「とった（拍了）」用來修飾「しゃしん（照片）」，意指「拍下的照片」。

25 解答：1

▲ 日語中，表示「開（門、窗等）」動詞用「あける」，「關（門、窗等）」則會用「しめる」。「ので（因為）」表示理由，「てください（請…）」用在請求、指示或命令某人做某事。從前項「あつい（熱的）」的這個理由，推出後項的「まどをあけてください（請把窗戶打開）」。

26 解答：4

▲「てください（請…）」用在請求、指示或命令某人做某事。由前句的「くらい（昏暗）」，可以知道後項的請求指令應該是「あかるい（明亮）」。「形容動詞に＋します（使變成…）」表示由人為意圖的施加作用，而產生的事物變化。

27 解答：1

▲ 題目問的是數量。插圖中，盒子裡的糕點有四塊，因此答案是「よっつ（四）」。

28 解答：4

▲ 用「～は～にあります（…在…）」句型，表示某物在某處。插圖中，提包在圓凳子的上面，因此答案是「うえ（上面）」。

問題4　P14-15

例 解答：1

▲ 這一題的解題關鍵字「つまらなかった」，是「つまらない（無聊）」的過去式。選項

中的「おもしろくなかった」，是「おもしろい（有趣）」的過去否定形，意思等於「つまらなかった」。

29 解答：2

▲「まいあさ（每天早上）」是解題關鍵，意思等於「あさはいつも～（每天早上都…）」。當題目要求挑選意思相近的句子時，「まいにち（每天）」、「まいばん（每晚）」等字常常與「いつも（都…）」對應。另外，請留意「ときどき（有時）」、「たいてい（大都）」等副詞的意思。

30 解答：3

▲ 這一題句子比較長，但解題關鍵是「そこ」的用法。「そこ」中文可以翻成「那裡」，是場所指示代名詞，在這裡指前項的「しろいドア（白色的門）」。

31 解答：4

▲「たかくなかった（不昂貴）」為解題關鍵，是「たかい（昂貴）」的過去否定形。由前項的「ふく（衣服）」，知道這邊的「たかい」是指價錢，而選項中的「やすかった」，是「やすい（便宜）」的過去式，表示價錢便宜，意思等於「たかくなかった」。

32 解答：2

▲ 這一題的解題關鍵字是「おととい（前天）」，意思等於「ふつかまえ（兩天前）」。

33 解答：3

▲ 這一題的解題關鍵字是「トイレ（廁所）」，同義字是選項3的「おてあらい（洗手間）」。

第1回 言語知識（文法）

問題 1　　　　　　　　　　　　　　　　P16-18

例　　　　　　　　　　　　　　　　解答：1

▲ 用「〜は〜です（是…）」表示對主題（説話者與聽話者皆知道的話題）的斷定或説明。

1　　　　　　　　　　　　　　　　解答：4

▲ 表示「かわいい犬を見ました（看到了一隻可愛的狗）」這件事發生的場所時，用格助詞「で（在）」。

2　　　　　　　　　　　　　　　　解答：3

▲「ぼうしをかぶる」是「戴帽子」的意思。「を」前項的名詞，是後項他動詞的目的語。

3　　　　　　　　　　　　　　　　解答：4

▲ 當述部（對主語的陳述）出現疑問詞時，會用副助詞「は」。這句話的主語是「内田さん」，述部是「きのうなにをしましたか（昨天做了什麼事呢）」，由兩者關係可以解出答案。

4　　　　　　　　　　　　　　　　解答：1

▲ 當要強調主語（動作、形容等事態的主詞）時，會用格助詞「が」。「が」在這句話中，強調是「わたし（我）」吃了架子上的點心。

5　　　　　　　　　　　　　　　　解答：3

▲ 用句型「對象＋と（和…）」，表示跟某人一起去做某事。常搭配「いっしょに（一起）」使用，如題目句可以改成「友だちといっしょにこうえんにいきました（和朋友一起去了公園）」。

6　　　　　　　　　　　　　　　　解答：4

▲ 表示動作、行為的方向，可以用格助詞「へ（往）」或「に（往）」，但這一題的選項只出現「へ」，因此答案是4。

7　　　　　　　　　　　　　　　　解答：3

▲ 準體助詞「の（的）」後面可以省略前面出現過名詞，來避免一再重複。題目句的「田中さんの（田中同學的）」原本是「田中さんのかさ（田中同學的傘）」，在這裡省略掉了後面的「かさ（傘）」。

8　　　　　　　　　　　　　　　　解答：1

▲ 表示行為的目的地，可以用格助詞「に」。考慮到「どこ（什麼地方）」跟「いきたい（想去）」的關係，可以解出答案。

9　　　　　　　　　　　　　　　　解答：2

▲ 句型「〜は〜より」表示對兩件性質相同的事物進行比較後，前者較符合後項的性質或狀態，中文可以翻譯成「…比…」。

10　　　　　　　　　　　　　　　　解答：4

▲ 表示事物的來源地，可以用「起點＋から」，是「從…」的意思。句型「てくる」表示動作由遠而近，向説話人的位置、時間點靠近，中文可以翻譯成「…來」。

11　　　　　　　　　　　　　　　　解答：2

▲ 由關鍵字「あまり（〈不〉太）」推測出後接「ふります（下〈雨等〉）」的否定「ふりません（不下）」。句型「あまり＋否定」表示「不太…」。

12　　　　　　　　　　　　　　　　解答：1

▲ 表示無法預估確切數量的時候，可以用「ぐらい／くらい」，「大概、左右」的意思。這一題答案可以對應到句尾，表示推測語氣的「でしょう（…吧）」。

13　　　　　　　　　　　　　　　　解答：3

▲ 用句型「疑問詞＋も＋否定」，表示全面否定，中文可以翻譯成「也（不）…」。這一題答案可以對應到後面的「いませんでした（不在）」。「いる（在）」用在有生命的人或動物等，所以這裡不可以選用來問何物的「どれも（誰也）」。

文法
1
2
3
4
5
6

14
解答：**2**

▲「どんな」後接名詞，用在詢問人事物的種類、內容，中文可以翻譯成「什麼樣的…」。小心別看到「ところ（地方）」，就以為在問地點，「ところ」在這邊指的是「その人（那個人）」的特質。

15
解答：**1**

▲「から（因為）」表示原因，一般用在說話人出於個人主觀理由，是種較強烈的意志性表達。因此，「から」前項的「おなかがいたかった（肚子痛）」，是學生沒去上學理由。

16
解答：**3**

▲ 表示某人（或動物）的存在，用「います（在）」。日語的電話應對中，想詢問某人在不在，常用「そちらに＋人名（は）＋いますか（請問您那裡有一位〈人名〉嗎）／人名（は）＋そちらに＋いますか（請問您那裡有一位〈人名〉嗎）」，助詞「は」在口語中常被省略。

問題 2　　　　　　　　　　　　P19-20

問題例
解答：**1**

※ 正確語順

A「こうばんは　どこですか。」

▲ 由 B 的回答，知道 A 在問某事物的位置，表示「…在哪裡？」用「～はどこですか」的句型，所以推出★處應該要填入「どこ（哪裡）」。

17
解答：**4**

※ 正確語順

客「ハンカチの　みせは　なんがいですか。」

▲ 由「店の人（員工）」的回答，知道「客（顧

客）」在問某事物的樓層位置，表示「…在幾樓？」用「～はなんがいですか」的句型，因此★處是「なんがい（幾樓）」。

18
解答：**3**

※ 正確語順

A「きのうは　なんじに　家を　出ましたか。」

▲ 表示幾點、星期幾、幾月幾日等時間點時，用格助詞「に」，知道「に」接在「なんじ（幾點）」後。又，表示動作離開的出發點、起點，用格助詞「を」，知道「家（家）」、「出ました（出去了）」、「を」正確順序是「家を出ました（出門了）」，可以推出★處應該要填入「を」。

19
解答：**2**

※ 正確語順

この　へやは　とても　ひろくて　しずかですね。

▲ 形容詞和形容動詞並列時，可以用「形容詞詞幹くて＋形容動詞」或「形容動詞で＋形容詞」的句型，知道「て」、「ひろく（寬敞）」、「しずか（安靜）」正確順序是「ひろくてしずか（寬敞並且安靜）」。又，由句型「～は～です（…是…）」推測出「です」放第四格，因此★處是 2。

20
解答：**3**

※ 正確語順

客「かんたんな　えいごの　本を　さがして　います。」

▲ 這題可以由後往前推，「さがす（尋找）」是他動詞，前接的目的語必須搭配「を」。再從前項問句來看，可以推測「さがして」前面接的目的語是「本（書）」，所以第三、四格合併後就是「本を」。保險起見，來確

252

定句子完整的語順吧。由「店員（店員）」的提問，可以推測「客（顧客）」的回答大概會是描述某種類型的書。所以從「かんたん（淺顯易懂）」到第二格，應該是對「本」的形容。由於「かんたん」是形容動詞，可以推測「な」是其詞尾。又，「えいごの（英文的）」放在第二格時，句意及文法都沒有問題，因此★處確定填入「本」。

21 　　　　　　　　　　　解答：3

※ 正確語順

B「犬と　ねこが　いますよ。」

▲ 用句型「〜に〜がいます（…有…）」，表示某處存在有生命的人或動物。「ペット（寵物）」這個單字對 N5 而言或許有點難，但選項中出現「犬（狗）」、「ねこ（貓）」，可以推測跟動物有關。又，A 已提到某處是家裡，所以 B 不再重提「ペット」存在的場所，直接回答「〜がいますよ（有…呢）」，得出第三、四格合併後就是「ねこがいます（有貓）」。表示事物的並列，會用「と（和）」連接兩者，可以推出「犬」跟「ねこ」中間，應該要填入「と」，因此★處是 3。另外，關於 A 句的「には」，格助詞「に」後接「は」，有特別提出格助詞前項名詞的作用。

問題 3 　　　　　　　　　　　P21

22 　　　　　　　　　　　解答：1

▲ 或許在解題時不懂什麼是「パソコン（電腦）」和「しらべる（查詢）」，不過，在第二段裡舉出了「しらべる」的具體範例，應該多多少少可以推測出其語意。如此一來，接著就能夠推理出「パソコン」是可以用來查詢資料的工具，進而了解題目想問的是對於其利用價值的評價，因此符合條件的就是選項 1。此外，可以看出第 22 題和第 26 題是以對比方式呈現，所以可以把第 22 題和第 26 題的選項拿來比較推論。還有，「ぬるい（不涼不熱）」這個單字對

N5 來説有點難，現在還不需要記起來。

23 　　　　　　　　　　　解答：2

▲「電車や地下鉄に乗る（搭電車或地鐵）」的地點是「えき（電車站）」。以漢字書寫的選項 1 和 3，應該立刻就能看出其不同處吧。假如沒有正確記得單詞的意義，或許會在選項 2 和 4 之間難以抉擇。由於 N5 測驗出現平假名的比率較高，必須要能正確記得每一個單詞的語意，而不能仰賴漢字加以推測，這和提高聽力也有幫助。

24 　　　　　　　　　　　解答：4

▲ 用句型「動詞たり、動詞たりします（或是…，或是…）」，可以表示動作並列，意指從幾個動作之中，例舉出兩、三個有代表性的，並暗示還有其他的。由前面的「しらべたり（或是查詢）」，可以對應到答案。

25 　　　　　　　　　　　解答：3

▲ 由於前面有「あまり（〈不〉太）」，因此後面應該要接「ない（不）」。「あまり〜ない（不太…）」表示程度並不高，再加上前面的「留学生は（留學生）」，空格填入選項 3 語意才通順。

26 　　　　　　　　　　　解答：4

▲「ので（因為）」表示理由，所以可以從前項的「日本のまちをあまりしらない（對日本的交通道路不太熟悉）」，推出答案。此外，與第 22 題呈對比的敘述方式，也可以納入作答時的考量。

第 1 回　読解

問題 4 　　　　　　　　　　　P22-24

27 　　　　　　　　　　　解答：1

▲ (1) 的文章是由三個句子所組合而成的。選項 1 符合第一句的內容。像「もらって（得到）」這樣的「動詞＋て」的句型，可以運

用在各種情況中，這裡是用於表示後半段的方法或手段。第一句中的「もらいながら（在得到…之下）」表示複數動作的同時進行，雖然和「もらって」不同，但説的其實是近似的意思。由於鬆餅是和媽媽一起做的，因此選項 2 和 3 是錯的。此外，做法是媽媽教的，因此選項 4 也是錯的。

28　　　　　　　　　　　　　　　解答：**2**

▲ 由於在「花やのかど（花店的轉角）」轉彎，因此選項 3 和 4 不同。用來描述轉彎方向的「みぎ（右）」和「ひだり（左）」是基本語彙，一定要記起來才行，不過就算不知道「みぎにまがったところ（往右轉的地方）」，只要知道「4 けん先の白いたてもの（隔四棟的那個白色建築）」裡面的「4」或「白い（白色）」，應該就能選出正確答案了吧。

29　　　　　　　　　　　　　　　解答：**3**

▲ 題目裡的「前の日に～ときは（前一天…時）」，相當於文章裡第二至三行的「前の日に～人は（前一天…的人）」。因此，「どうしますか（該如何處理呢）」的回答就是接下來的「朝の 7 時までに～（早上七點之前…）」。

問題 5　　　　　　　　　　　　P25

30　　　　　　　　　　　　　　　解答：**4**

▲ 既然出現了「どうして（為什麼）」，那麼在附近的語句中尋找陳述「ので（因為）」或「から（因為）」這類解釋理由的部分即可。結果就在下加底線語句的前方找到「こんなに～見たので（由於看到這麼…）」了。選項 4 的敘述和這段話幾乎完全相同。再來看看可能會有問題的選項 3，在文章中，從「雪はあまりふりません（很少下雪）」的敘述可以知道，這裡是頭一次下大雪，但並不是從來都不下雪。

31　　　　　　　　　　　　　　　解答：**3**

▲ 選項 3 和「日曜日の朝 7 時ごろ～（在星期天早上七點左右…）」的段落相互對應。

問題 6　　　　　　　　　　　　P26

32　　　　　　　　　　　　　　　解答：**4**

▲ 借書的日期是三月九日星期天，可以借閱的期間是三個星期，因此只要在三十日歸還即可。但是「毎月 30 日は、お休みです（每月 30 號是休館日）」以及「3 週間あとの日が図書館の休みの日のときは、その次の日までにかえしてください（假如三星期後的到期日恰為圖書館的休館日，請於隔天之前歸還）」，於是順延到三十一日。不過，三十一日是星期一，不巧又遇上休館日，因此只要在四月一日之前還書就可以了。

| 第**1**回 | 聴解 |

問題 1　　　　　　　　　　　P27-31

例　　　　　　　　　　　　　　　解答：**3**

▲ 老師提議浣熊那區「いっしょに行きませんか（要不要一起去呢）」，學生也贊同，所以之後去看的動物是浣熊。

1　　　　　　　　　　　　　　　解答：**4**

▲ 請用刪除法找出正確答案。單單只有「女の子の（小女孩的）」還沒辦法刪掉任何一個選項。因為提到「黒い革の靴（黑色皮鞋）」，所以可以去掉選項 2 和 3。「22 センチ（二十二公分）」對解答沒有幫助。剩下的只有選項 1 和 4，因為有「下のがいい（下面的比較好）」，所以答案是 4。另外，「サイズ（尺寸）」這個單字對 N5 來説有點難，但在這一題就算不知道它的意思也能解題。

2
解答：**3**

▲ 因為提到「３度の食事の後（三餐飯後）」和「朝と昼と夜の食事の後（早餐、中餐和晚餐之後）」，所以是一天三次。

3
解答：**4**

▲ 符合「長い（長的）」條件的選項有１、２、４。符合「花の絵のついている傘（有花樣的那一把傘）」條件選項的是３、４。兩個條件都符合的只有４。

4
解答：**4**

▲ 因為有「ちょうどタクシーが来ました（剛好有一輛計程車過來了）」和「乗りましょう（搭這輛吧）」，所以兩人搭的是計程車。

5
解答：**4**

▲ 因為提到「まず、フロントで鍵をもらってお部屋に入ってください（請先在櫃臺領取鑰匙進去房間）」，所以最先要做的事情是４。雖然「フロント（櫃臺）」這個單字對 N5 來說有點難，不過到了飯店首先要做的事情屬於一般常識，再加上「まず（首先）」、「鍵（鑰匙）」這些單字，應該就能選出正確答案。為了以防萬一，再來確認一下其他的選項，選項１是今晚七點之後要做的事，選項２是在選項１之前要做的事，選項３是明天十點為止要做的事。

6
解答：**4**

▲ 請用刪除法找出正確答案。首先，因為是「本だなと机といす一つしかない（只有一個書架、一張書桌還有一把椅子）」的房間，所以不考慮選項２。其次又說，桌上「パソコンしかおいていない（只擺了一台電腦）」，或許會不知道「パソコン（電腦）」這個字的意思，不過，放了各種物品的桌子是不正確的，所以刪掉選項３。接著，因為有「本を床におかない方がいい（書本不要擺在地板上比較好吧）」，所以現在的房間是選項１的狀態。就算不知道「床（地板）」是什麼，從「次の日曜日、大きい本だなを買いに行きます（下個星期天，會去買大書架的）」也可以知道，現在沒有大書架。但是，問題問的並不是現在的房間，而是問之後的「つもり（想要）」，所以答案是４。

7
解答：**3**

▲ 男士邀約一起去吃晚餐，女士同意並提議要不要去吃天婦羅。男士回答「天ぷらはわたしも好きですよ（我也喜歡吃天婦羅喔）」，所以兩人要一起去吃天婦羅。另外，「けっこうです」可以用來表示「それでよいです（這樣需要的）」和「いりません（不需要）」兩種意思。本題根據內容，女士敘述了「傘はあります〈だからいりません〉、服も…（已經有傘了〈因此不需要〉，衣服也…）」，所以是「いりません（不需要）」的意思。這裡如果用「いりません」回答，聽起來會過於直接而顯得失禮，或是讓人覺得很冷漠。使用「けっこうです（不需要）」，是不會抹煞他人好意的拒絕方法。

問題 2
P32-35

例
解答：**2**

▲ 因為男士説「これから会社の近くの駅で家族と会って、それから～（我等下要去公司附近的車站和家人會合，然後…）」，所以首先去的地方是「会社の近くの駅（公司附近的電車站）」。男士的父親生日、去餐廳、買點心當作禮物等，都和答案沒有關係。

1
解答：**4**

▲ 或許不知道「パソコン（個人電腦）」、「メール（郵件）」、「ブログ（部落格）」、「インターネット（網路）」這些單字，但是不知道這些單字也能解出本題的答案。先不管「パソコン」是什麼，因為提到早上使用三十分鐘，晚餐過後使用一個半鐘頭，所以一天大約使用兩小時。

2 解答：2

▲ 女士說了「８６１の３２０４」。街名變更和解答沒有關係。

3 解答：3

▲ 女士告訴對方，在「この道をまっすぐ行って、二つ目の角を右に（沿著這條路直走，在第二個巷口往右）」要轉。「二つ目の角（第二個巷口）」就是「靴屋さんの角（鞋店的那個巷口）」。另外，日本人除了人以外，也會在店家的後面加個「さん」，例如：「八百屋さん（蔬果店）」、「花屋さん（花店）」、「魚屋さん（賣魚或海產的店）」等。

4 解答：4

▲ 因為提到「まっすぐ家に帰りますか（您會直接回家嗎）」、「そのつもりです（我打算直接回家）」，所以去了外出的目的地之後，不會回公司，會直接回家。

5 解答：3

▲ 有提到「昨日は母とデパートに行きました（昨天和媽媽去了百貨公司）」。「デパートに行く（去百貨公司）」可以換成「出かける（出門）」的意思。還有，雖然買了手帕，不過沒有和它相關的選項，所以答案是3。

6 解答：2

▲ 男士買來了之後說「はい、これです（來，在這裡）」，拿出來的是面紙。他忘了買肥皂，也就是說沒有買回來。

問題3 P36-39

例 解答：3

▲ 早晨的問候語應該是「おはよう／おはようございます（早安）」。

《其他選項》

▲ 選項1 這是外出時的問候語。

▲ 選項2 這是中午至日落之間，遇到人時

的問候語。

1 解答：1

▲ 用餐前的致意語應該是「いただきます（我開動了）」。

《其他選項》

▲ 選項2 這是用餐結束時的致意語。

▲ 選項3 這不是致意語，而是「もらいました（收下了）」或「食べました（吃了）」等語意的敬語，但通常不太會單獨使用。

2 解答：2

▲ 讓位時的措辭應該是選項2。

《其他選項》

▲ 選項1 這是用於詢問對方將要選擇什麼樣的行動，至於語意則視當下的情況而定。

▲ 選項3 這句話在文法上沒有任何錯誤，但很難想像什麼情況下會用到。

3 解答：3

▲ 回家時的致意語是「ただいま（我回來了）」。

《其他選項》

▲ 選項1 這不是致意語。舉例來說，由於比預定到家的時間還要晚，因此打電話回家，結果被家人罵了「こんなに遅くまで何をやってるの（你為什麼會在外面弄到這麼晚啊）」的時候，就會回覆這句話。

▲ 選項2 這是現在要出門時的致意語。

4 解答：1

▲ 到「すみませんが、その赤いさいふ（不好意思，那只紅色的錢包）」這個部分為止都相同，問題在述部，「買いたい（想買）」的東西首先會「よく見たい（想要看個清楚）」，因此以選項1為最佳答案。

《其他選項》

▲ 選項2 這是詢問對方是否要購買時的問話，由顧客說出來顯得不合常理。當店員

徵詢顧客的意願時，經常可以聽到諸如「そ
の赤いさいふはいかがですか（那只紅色的
錢包如何呢）」這樣的問句；所以，不論在
任何情況下，都不太可能聽到有人説出這
個問句。

▲ 選項 3　同樣地，不論在任何情況下，都
不太可能聽到有人説出這個問句。

<hr/>

5　　　　　　　　　　　　　　解答：**3**

▲ 以不冒犯的方式來陳述事實，只有選項 3
才是正確答案。

《其他選項》

▲ 選項 1　「だめじゃないですか（怎麼可以
呢）」具有叱責的語感。

▲ 選項 2　「落とす（遺失）」和「なくす（丟
掉）」不同。「なくす」通常是當事人先察
覺到自己東西掉了，因此不論在任何情況
下，都不太可能聽到遺失者或拾獲者説出
這句話。

<hr/>

問題 4　　　　　　　　　　　　　　P40

例　　　　　　　　　　　　　　解答：**1**

▲「お国（貴國）」的接頭語「お」屬於敬語的
一種，因此指的是對方的「母國」。所以本
題問的是對方來自什麼國家，答案應該以
選項 1 的國名最為恰當。

《其他選項》

▲ 選項 2　這是當例如被問到「太陽はどち
らから昇りますか（太陽是從哪一邊升起的
呢）」這樣的問題時所做的答覆。

▲ 選項 3　「やって来る（來到）」和「来る
（來）」的語意大致相仿。換言之，當説話
者講出這句話時，其本人已經來到日本了。
現在問的是他來自哪個國家，可是他卻回
答自己來到哪個國家，顯然答非所問。

<hr/>

1　　　　　　　　　　　　　　解答：**2**

▲ 問的是星期幾，正確答案只有選項 2 而已。

<hr/>

《其他選項》

▲ 選項 1　這則回答的是日期。

▲ 選項 3　這則回答的是時刻。

<hr/>

2　　　　　　　　　　　　　　解答：**2**

▲「秋田さんのです（秋田小姐的）」這句話在
這個情況的意思是「秋田さんの傘です（秋
田小姐的傘）」。「の（的）」後面可以省略剛
才已出現過的名詞。

《其他選項》

▲ 選項 1　由於問的是「だれの（誰的）」，如
果回答「私に（給我）」就答非所問了。

▲ 選項 3　如果要以含有疑問詞「だれ（誰）」
的語句回答，就應該要回答「だれのでしょ
うね（到底是誰的呀）」或「だれのか分か
りません（不曉得是誰的）」等，否則聽起
來很不通順。

<hr/>

3　　　　　　　　　　　　　　解答：**3**

▲ 以回答人數的選項 3 為正確答案。在現實
生活中，即使被問到兄弟姊妹的人數，不
會直接回答總人數，而是以「姉が一人と
弟が一人です（我有一個姊姊和一個弟弟）」
這樣具體描述的答覆方式也不少。

《其他選項》

▲ 選項 1　這個回答的是家庭成員。

▲ 選項 2　由於答案的重點放在「弟」身上，
因此與問題不符。

<hr/>

4　　　　　　　　　　　　　　解答：**1**

▲ 以回答「食べ物（食物）」的選項 1 為正確
答案。

《其他選項》

▲ 選項 2　這個回答的是飲料。

▲ 選項 3　這個回答的是國家。

<hr/>

5　　　　　　　　　　　　　　解答：**2**

▲ 在詢問工具時，除了「なにで（用什麼）」
之外，也會使用「なんで（用什麼）」。不

過，若是使用「なんで」時，很可能會讓對方一開始誤以為問的是「理由」，因此採用「なにで」來詢問較能明確傳達問句的意涵。此外，「なにで」的語感也較為正式。這題以回答交通工具選項 2 為正確答案。

《其他選項》

▲ 選項 1　對方問的不是距離。

▲ 選項 3　對方問的不是「誰と（和誰）」。

6　解答：3

▲ 以回答「何時まで（到幾點）」的選項 3 為正確答案。

《其他選項》

▲ 選項 1　這個回答的是「何時から（幾點開始）」。

▲ 選項 2　這個回答的是休館日。

|第**2**回| 言語知識（文字・語彙）

問題1　P42-43

例　解答：1

▲ 像動詞、形容詞等有語尾活用變化的字，唸法通常是訓讀，「大きい（大的）」、「大きな」分別讀作「おおきい」、「おおきな」；「大（大，多）」音讀則唸作「だい」，如「大学／だいがく（大學）」等。

1　解答：3

▲ 像形容動詞等有語尾活用變化的字，唸法通常是訓讀，「静か（安靜）」讀作「しずか」。另外，請注意「静」右半部的寫法，跟中文「靜」右半部的「爭」不同。

2　解答：2

▲ 一般來說，「何（多少）」表示「數量多少」時，常讀作「なん」；而「本（支）」作長條物量詞時，用音讀，讀作「ほん」。請注意，由於連濁的關係，「何本（幾支）」的「本」

要唸作「ぼん」。

3　解答：2

▲ 像動詞等有語尾活用變化的字，唸法通常是訓讀，「買う（購買）」讀作「かう」。

4　解答：1

▲「弟」字單獨使用時是「弟弟」的意思，用訓讀，唸作「おとうと」；「弟」音讀有「だい」唸法，如「兄弟／きょうだい（兄弟姊妹）」等。

5　解答：4

▲「動」與「物」合起來表示「動物」的意思，用音讀，唸作「どうぶつ」；「物」另一個音讀唸法是「もつ」，如「荷物／にもつ（行李）」；「物」訓讀唸作「もの（東西）」。「動く（開動）」用訓讀，讀作「うごく」。

6　解答：3

▲ 有語尾活用變化的字，唸法通常是訓讀，「晴れ（晴朗）」用訓讀，讀作「はれ」。

7　解答：1

▲「仕」與「事」合起來唸作「しごと」，表示「工作」的意思。其中「仕／し」是使用音讀讀音的假借字，「事」是訓讀「こと」產生連濁，唸作「ごと」。另外，「事」音讀讀作「じ」。

8　解答：4

▲「週」加「間」合起來表示「一個星期」的意思，用音讀，唸作「しゅうかん」；「2」放在以音讀發音的漢字前，所以唸作「に」。數字搭配不同量詞可能會有不同讀音，背單字的時候要特別留意，如「二つ／ふたつ（兩個）」。

9　解答：2

▲「夕」與「方」合起來唸作「ゆうがた」用訓讀，表示「傍晚」的意思。請留意，「方」訓讀是「かた」，由於連濁的關係唸作「が

た」。另外,「方」音讀讀作「ほう」。

10
解答：3

▲「父」當一個單字時用訓讀,唸作「ちち」;音讀唸作「ふ」,如「祖父／そふ(爺爺)」等。另外,請留意「お父さん」的「父」唸作「とう」,是特別用法。

問題2　　　　　　　　　　　　P44-45

例
解答：2

▲「はな」是漢字「花(花)」的訓讀,小心書寫「花」字時,上方草字頭的那一橫必須連起來。請注意,名詞「鼻(鼻子)」也用訓讀讀作「はな」。

11
解答：3

▲ 請小心半濁音記號是在右上角打圈,而不是點點,並留意促音的片假名表記「ッ」及位置。促音橫式書寫時靠左下方,直寫時靠右上方。另外,別把「ッ」跟「シ」搞混囉。

12
解答：2

▲「ゆき」是漢字「雪」的訓讀。這個單字意思與中文相同,但就日文標準字體而言,必須注意上半部「雨」裡面四個點的點法,以及下半部中間那一橫不會突出去。

13
解答：4

▲「にし」是漢字「西」的訓讀。這個單字意思與中文相同,但背單字時別把「にし」混淆成假名相似的「こし／腰(腰)」囉。

14
解答：1

▲「かい」、「しゃ」分別是「会」、「社」兩字的音讀。「会」、「社」含有人們聚集的意思,組合後意指「公司」。另外,「会う」跟「合う」都讀作「あう」,但「会う」意是「見面」,「合う」有「適合;一致」等意思。

15
解答：3

▲ 作副詞「少し」時,「すこ」是漢字「少」的訓讀。作形容詞「少ない(不多的)」時,用訓讀,讀作「すくない」。

16
解答：1

▲「あね」是漢字「姉」的訓讀,表示「姊姊」的意思。請特別留意,別跟中文的「姊」字搞混囉。

17
解答：4

▲「ひゃく」、「えん」分別是「百」、「円」兩字的音讀。請留意,用日語表示「100」時,不用加上「一」,用「百」即可以。「円」指的是日幣金額單位。

18
解答：2

▲「ほん」是漢字「本」的音讀,在這裡是「書」的意思。請特別留意,日文漢字「書」也可以表示「書」的意思,但這時通常會跟其他字合併使用,如「じしょ／辞書(辭典)」。

問題3　　　　　　　　　　　　P46-47

例
解答：3

▲ 用「～に～がいます(…有…)」句型,表示某處存在某個有生命的人或動物。

19
解答：4

▲ 用「方法・手段＋で(用,以)」句型,可以表示使用的工具。因此,從前項的「5かい(五樓)」,推出是搭「エレベーター(電梯)」去的。

20
解答：2

▲ 在日語中,形容風勢可以用形容詞「つよい(強的)」、「よわい(弱的)」、「あたたかい(溫暖的)」、「つめたい(寒冷的)」等。這一題選項中,可以填入空格的只有選項2。

▲ 日語中，表示「畫圖」動詞用「かく／描く（描繪）」。因此，由「え（圖畫）」可以對應到答案的「かきましたか」。另外，表示「寫字」動詞用「かく／書く」，請別跟「かく／描く」搞混囉。

| **22** | 解答：**1** |

▲ 用「～が～（但是…）」句型，可以表示逆接，連接兩個對立的事物。從前項的「すき（喜歡）」，推出後項必須接反義詞「きらい（討厭）」。

| **23** | 解答：**3** |

▲ 題目問的是量詞。在日語中，表示「かみ（紙張）」等輕薄、扁平東西的數量時，通常用「まい（張）」。

| **24** | 解答：**2** |

▲ 日語中，表示「開燈」動詞用「つける」，「關燈」則會用「けす」。「ので（因為）」表示理由，「てください（請…）」用在請求、指示或命令某人做某事。從前項「くらい（暗的）」的這個理由，推出後項的「でんきをつけてください（請打開電燈）」。

| **25** | 解答：**1** |

▲ 題目句描述往（　）裡到水，由「みず（水）」可以對應到答案的「コップ（杯子）」。

| **26** | 解答：**3** |

▲「はながさく（花朵綻放）」是「～が＋自動詞」的用法，表示「開花」的意思。因此，由「はな（花朵）」可以對應到答案的「さいて（綻放）」。句型「動詞＋ています（…著）」可以表示結果或狀態的持續。

| **27** | 解答：**1** |

▲ 日語中，表示「感冒」用「かぜをひく」。因此，由「かぜ（感冒）」可以對應到答案的「ひいて（患得）」。「動詞＋て」可以用在連接前後短句成一個句子。

| **28** | 解答：**4** |

▲ 題目問的是數量。插圖中，樹上的橘子有七顆，因此答案是「ななつ（七個）」。

問題 4　　　　　　　　　　P48-49

| **例** | 解答：**1** |

▲ 這一題的解題關鍵字「つまらなかった」，是「つまらない（無聊）」的過去式。選項中的「おもしろくなかった」，是「おもしろい（有趣）」的過去否定形，意思等於「つまらなかった」。

| **29** | 解答：**2** |

▲ 這一題的「まいにち（每天）」與「ひるごはん（午餐）」是解題關鍵，可以對應到答案句的「いつも（總是）」及「ひるごはん」。

| **30** | 解答：**3** |

▲「いくつ（幾歲）」是解題關鍵字，第一個用法是某事物數量的疑問詞，第二個用法用在問人的年齡，這一題是第二個用法。

| **31** | 解答：**4** |

▲ 這一題的解題關鍵字「つよくない（不強健）」，是「つよい（強健）」的否定式，意思等於選項中的「よわい（孱弱）」。

| **32** | 解答：**2** |

▲「1ねんまえ（一年前）」是解題關鍵字，意思等於「きょねん（去年）」。

| **33** | 解答：**3** |

▲ 這一題解題關鍵是「かりる（借來）」與「かす（借給）」的用法，前者表示將某物「借來」用，後者意指將某物「借給」他人。「動詞たい（想要…）」表示主詞或說話人的願望，「かりたい」是「想借（某物）」的意思。句型「てください（請…）」用在請求，「かしてください」意思是「請借給我」，可以對應到題目句的「かりたい」。選項2的

「かりてください」意思是「請(跟我)借」，因此不可以選。

第2回 言語知識（文法）

問題1　P50-52

例　解答：1

▲ 用「～は～です(…是…)」表示對主題(説話者與聽話者皆知道的話題)的斷定或説明。

1　解答：3

▲「名詞＋の＋名詞」表示用前項名詞修飾後項名詞，中文可以翻譯成「…的…」。

2　解答：1

▲「あけました(打開了)」是他動詞，目的語的後面必須搭配「を」。「ドアをあける(把門打開)」表示「打開」的這個人是動作，直接作用在「門」上，中文可以翻譯成「把門打開」。

3　解答：4

▲ 表示「跟…」會用「と」，前接互相進行某動作的對象(A句用了疑問代名詞「だれ(誰)」)，後面要接一個人不能完成的動作，這一題的「会う(見面)」正是無法單獨實踐的動作。

4　解答：1

▲ 表示動作、行為的方向，可以用格助詞「へ」或「に」，但這一題的選項只出現「に」，因此答案是1。

5　解答：3

▲ 由於實行「言った(説過)」這個動作的人是「わたし(我)」，因此答案可能是「は」或「が」。又，「は」可以用在表示句子的主題。如果空格填入「は」，代表「わたし」

是題目句的主題。不過，這一句述語是後項的「おぼえていますか(還記得嗎)」，主題應該是未明確指出的「あなた(你)」，所以「わたし」後面不會是「は」。題目句如果明確點出主題「あなた」，就是「あなたは、きのう～(你昨天…)」。

6　解答：4

▲ 格助詞「に」後接「は」，有特別提出格助詞前項名詞的作用。這邊的「に」表示人事物的存在或所屬的場所。

7　解答：2

▲「指示詞＋の＋名詞」表示用前項指示詞修飾後項名詞，中文可以翻譯成「…的…」。

8　解答：1

▲ 句型「動詞ます形＋ながら」，表示同一主體同時進行兩個動作，「一邊…一邊…」的意思。又，後項動作是主要的動作(這一句的「うたいます(唱歌)」)，前項動作則是伴隨的次要動作(這一句的「ギターをひき(彈吉他)」)。

9　解答：2

▲ 用助詞「を」表示經過或移動的場所，後面可以接表示移動的自動詞，如這一題的「あるく(行走)」。又，「ています(正在…)」表示動作正在進行中。

10　解答：4

▲ 句型「動詞た形＋あとで」，表示前項的動作做完後，做後項的動作，中文可以翻譯成「…之後…」。可能比較有問題的選項2，也用在表示動作的順序，但「まえに(之前)」前面必須接動詞辭書形，因此不可以選。

11　解答：2

▲「もう」和動詞過去式一起使用，表示行為、事情到某個時間已經完了，中文可以翻譯成「已經…了」。用在疑問句的時候，表示

文法

1
2
3
4
5
6

詢問完或沒完。

12　　　　　　　　　　解答：1

▲「か」前接「なに」等疑問詞後面，表示不明確、不肯定，或沒必要說明的事物。

13　　　　　　　　　　解答：4

▲「ので（因為）」表示原因、理由。由「つかれた（累了）」與「やすみましょう（休息吧）」的關係，可以對應到答案。

14　　　　　　　　　　解答：2

▲「〜から〜まで（從…到…）」可以表示時間的範圍，「から（從…）」前面的名詞是開始的時間，「まで（到…）」前面的名詞是結束的時間。

15　　　　　　　　　　解答：1

▲「で」的前項是後項動作進行的場所，表示「在…」的意思。

16　　　　　　　　　　解答：3

▲「も」可以用在再累加上同一類型的事物，中文可以翻譯成「也…」。

問題2　　　　　　　　　　P53-54

問題例　　　　　　　　　　解答：1

※ 正確語順

A「こうばんは　どこですか。」

▲ 由 B 的回答，知道 A 在問某事物的位置，表示「…在哪裡？」用「〜はどこですか」的句型，所以推出★處應該要填入「どこ（哪裡）」。

17　　　　　　　　　　解答：2

※ 正確語順

A「けさは　なんじに　おきましたか。」

▲ 動詞過去肯定式敬體用「ました」，前接動詞「ます形」，知道第三、四格合併後就是「おきました（起床了）」。又，表示幾點、星期幾、幾月幾日等時間點時，用格助詞「に」，推出「に」接在「なんじ（幾點）」後面，因此★處要填入「に」。

18　　　　　　　　　　解答：4

※ 正確語順

A「らいしゅう　パーティーに　行きませんか。」

▲ 動詞現在否定式敬體用「ません」，前接動詞「ます形」，知道第三、四格合併後就是「行きません（不去）」。又，表示動作移動的到達點，用格助詞「に」，所以剩下二格依序應該要填入「パーティー（派對）」、「に」。如此一來，整句話意思就符合邏輯，得出★處是 4。

19　　　　　　　　　　解答：4

※ 正確語順

B「とても　きれいで　たのしい　人ですよ。」

▲「です」用在句尾，表示對主題的斷定或說明，得出第四格是 2。觀察一下其他選項，形容詞可以直接後接名詞，但形容動詞後接名詞時，必須將詞尾「だ」改成「な」，所以「人（人）」前面是「たのしい（有趣的）」。又，當形容動詞後接形容詞時，得將形容動詞詞尾「だ」改成「で」，才能接形容詞，表示屬性的並列，因此「きれいで（漂亮的）」要放「たのしい」前面，得出★處是 4。

20　　　　　　　　　　　解答：**1**

※ 正確語順

> B「そうですね。あと　10分ほどで　は
> じまります。」

▲ 動詞現在肯定式敬體用「ます」，前接動詞「ます形」，得出第四格是3。「ほど（左右）」這個單字對N5來說可能有點難，但格助詞「で」前接數量、金額、時間單位等，表示限度、期限，所以「再十分鐘…」的日語可以說成「あと10分で」，可以推測第一到第三格分別填入「あと（再）」、「10分（十分鐘）」、「ほどで（左右）」，得出★處是1。

21　　　　　　　　　　　解答：**3**

※ 正確語順

> B「銀行に　つとめて　います。」

▲「在…工作」的日語可以用「～につとめています」，因此★處應該要填入「つとめて（工作）」。

問題 3　　　　　　　　　　　**P55**

22　　　　　　　　　　　解答：**3**

▲ 由於「アパートへ行く（去公寓）」的對照來推測，緊接在「駅（電車站）」後面的，應該填入表示起點的助詞「から（從）」。

23　　　　　　　　　　　解答：**2**

▲ 分辨「ある（有）」和「いる（有）」的用法屬於日文中最基礎的概念。由於這裡指的不是動物而是店家，因此要用「ある」。此外，對應於「わたしが日本に来たころ（我剛來到日本的時候）」用的是過去式，因此句子最後面用的也是過去式。

24　　　　　　　　　　　解答：**4**

▲ 檢視所有選項，可以知道這裡應該填入連

接詞，因此要選擇符合文章邏輯的選項。由於在空格的前面敘述的是以前有一些小店，之後那些小店消失了，由此可以推測出以逆接的連接詞「しかし（可是）」最為適切。

25　　　　　　　　　　　解答：**3**

▲「疑問詞＋でも」表示「全部」，加上「べんりです（方便）」一起考量，以這個選項才符合文意。假如不曉得「疑問詞＋でも」這個文法句型，就必須逐一分析其他的選項。「何も（什麼都）」讀作「なにも」，後面一定要接否定表現（在非常隨性的口語中，有時會說成「なんも」，但在初級和中級日語中，只要記「なにも」的唸法就可以了）。這個選項「何」讀音標記「なん」，而且後面又以「あって（有）」表示肯定，因此不對。至於「さえ（甚至）」這個字詞，應該是第一次看到吧。單看這個字詞或許不知道是什麼意思，不過根本沒有「何さえ」這個用法。而「何が（何事）」向來讀作「なにが」，因此和這裡標記的讀音不同。此外，「なにがあってべんりです」這句話語意不明，因此也是錯誤的選項。

26　　　　　　　　　　　解答：**1**

▲ 前面「べんりですが（方便但…）」裡的「が（但…）」是逆接的意思。「べんり」這個具有正面語意的詞後面緊跟著逆接，表示會接上負面語意的詞語。具有負面意涵的詞語只有選項1而已。不僅如此，選項1也能對應到前面的「話ができなくなったので（因為無法聊天）」。

第2回｜読解

問題 4　　　　　　　　　　　**P56-58**

27　　　　　　　　　　　解答：**3**

▲ (1)的文章是由四個句子組合而成的。題目裡問到關於「わたし（我）」父親的相關敘

述，只出現在第二句中。文章中雖然沒提到「先生（老師）」這個單詞，但由父親教授英文的描述可以推斷他是一位老師。

28 解答：3
▲ 在四幅圖裡，只有人物的排列順序不同而已。文章的第一句和第二句並沒有提到關於順序的線索，第三句則出現了「母の右に立っているのは、母のお父さんで、そのとなりにいるのが妹です（站在媽媽右邊的是媽媽的爸爸，再隔壁的是我妹妹）」。選項1當中，在媽媽右邊的是一位身材較高的中年男子（很有可能是爸爸），而他旁邊坐著奶奶，因此不對。選項2，媽媽的右邊沒有人，因此也不對。選項3，媽媽的右邊是爺爺，而他隔壁是一個比媽媽還矮的的女孩，因此符合條件。選項4也同樣符合這個條件，但由第四句來看，爸爸的左邊應該是爸爸的媽媽，因此答案是選項3。

29 解答：2
▲ 媽媽的指示中提到「れいぞうこに～があるので、夕飯を作って、まっていてください（冰箱裡有…，麻煩妳先做晚餐，等我回來）」，因此答案是選項2。此外，內文寫的「７時ごろには」和「７時ごろに（在七點左右）」不同，意思是「最遲也會在七點左右」。關於這個助詞「は」的用法，現在不太清楚沒關係，但希望往後可以逐漸明白它的正確用法。

問題5 P59

30 解答：3
▲ 在第二段的第二句話中提到「中村さんは来ません（中村小姐沒來）」，緊接著第三句話是「わたしは、中村さんにけいたい電話をかけました（我撥了中村小姐的行動電話）」。

31 解答：2
▲ 在第三段裡，「中村さん」敘述他是在東出口的花店前面。

問題6 P60

32 解答：4
▲ 由於想用限時專送寄出兩百公克的信，因此非定型郵件「250g以內（250公克以內）」郵資的兩百五十日圓，加上限時專送「250g以內」郵資的兩百八十日圓，總共是五百三十日圓。由於「速達（限時專送）」會以較快的時間送達，因此除了原本寄送的郵資之外，還要加計這部分的費用，所以選項2是錯的。假如只付限時專送的郵資就可以寄達的話，那麼一公斤以內或四公斤以內的郵資，就不可能比「定形外郵便物（非定型郵件）」相等重量的郵資還要便宜了。

第2回 聴解

問題1 P61-65

例 解答：3
▲ 老師提議浣熊那區「いっしょに行きませんか（要不要一起去呢）」，學生也贊同，所以之後去看的動物是浣熊。

1 解答：3
▲ 請用刪除法找出正確答案。首先從三種圖案種類中選擇。在N5的階段不知道「しまもよう（條紋花樣）」是什麼也沒關係，不過因為選了「犬の絵の（小狗圖案的）」，所以可以集中看2和3的選項。再加上不是現在涼爽的天氣要穿，而是「夏に着るシャツ（夏天穿的襯衫）」，所以短袖的3是正確答案。

▲ 因為是早飯後、晚飯後、睡覺前刷牙，所以共有三次。中午飯後沒有刷牙。

| 3 | 解答：4 |

▲ 因為提到「私は、学校を3時半に出るから、3時40分なら大丈夫です（我三點半離開學校，三點四十分應該沒問題）」、「じゃ、そうしましょう（那，就這樣吧）」，所以兩人是在三點四十分見面。

| 4 | 解答：2 |

▲ 女士原本打算帶便當和飲料去，不過男士提議飲料「僕が持っていきますよ（由我帶去吧）」，所以女士不帶飲料而帶糖果。女士接受男士的提議，不帶飲料去的這件事，可以從「じゃ（那〈就這樣〉）」得知。

| 5 | 解答：3 |

▲ 山下小姐在十一點以前要來公司，然後要做「入り口の机の上に、お客様の名前を書いた紙を並べ〈る〉（在門口的桌面上，擺好寫有客戶大名的一覽表）」。男士說的是「場所＋に＋物＋を」的順序，雖然選項3的順序是「物＋を＋場所＋に」，不過意思是一樣的。

| 6 | 解答：2 |

▲ 女士最先問的是「中町行きのバス（開往中町的巴士）」。要去中町有五號和八號兩個選擇，不過女士實際上想去的並不是終點站中町，而是山下町，所以必須要坐八號。五號雖然是往中町，但是並沒有停靠山下町。

| 7 | 解答：4 |

▲ 男士最先想去中央圖書館，不過如果只是還書不需要去借書的地方還也沒關係，所以他接受了建議，去的是離他比較近的站前圖書館。

| 問題2 | P66-69 |

| 例 | 解答：2 |

▲ 因為男士說「これから会社の近くの駅で家族と会って、それから～（我等下要去公司附近的車站和家人會合，然後…）」，所以首先去的地方是「会社の近くの駅（公司附近的電車站）」。男士的父親生日、去餐廳、買點心當作禮物等，都和答案沒有關係。

| 1 | 解答：2 |

▲ 剛開始說的「0247の98の3026」是錯的，正確的是「0248の98の3026」。

| 2 | 解答：3 |

▲ 渡邊本人和弟弟兩人、姐姐兩人、父、母、祖母，加起來共八個人。

| 3 | 解答：2 |

▲ 因為提到「自分の部屋で勉強しています（正在自己房間裡用功）」，所以孩子現在在房間裡。為什麼不到公園來、明天有什麼測驗等話題，和答案沒有關係。

| 4 | 解答：3 |

▲ 作業是「34ページの1・2番と、35ページの1番（第三十四頁的第一、二題，還有第三十五頁的第一題）」，另外的「34ページの3番と、35ページの2番（第三十四頁的第三題，還有第三十五頁的第二題）」明天在學校做。

| 5 | 解答：4 |

▲「朝、起きてから（早上起床後）」三十分鐘＋「学校に行く前に（上學前）」三十分鐘＋「学校から帰って～夕飯まで（放學回家後…吃晚飯之前）」兩個小時，共計三小時。

聴解

1
2
3
4
5
6

6

解答：**3**

▲ 因為有女士、男士、男士朋友三個人、男士朋友的太太兩個人、女士的朋友兩人，所以合起來是九個人。

問題3　　　　　　　　　　P70-73

例

解答：**3**

▲ 早晨的問候語應該是「おはよう／おはようございます（早安）」。

《其他選項》

▲ 選項1　這是外出時的問候語。

▲ 選項2　這是中午至日落之間，遇到人時的問候語。

1

解答：**1**

▲ 回家時向尊長道別的致意語是「さようなら（再見）」。和同輩朋友也可以使用「さようなら」，不過更常用的是「バイバイ〈bye-bye〉（再見）」和「じゃ、また明日（那，明天見囉）」等。

《其他選項》

▲ 選項2　這是向接下來有一段時間見不到面的人，譬如去旅行的人，或是要搬家的人說的臨別致意。

▲ 選項3　這是用於中午到日落之間的問候語。

2

解答：**2**

▲ 在別人家門口朝屋裡探問有沒有人在時，通常會用「ごめんください（有人在家嗎）」。

《其他選項》

▲ 選項1　這是用於叫喚位於遠處的朋友時的呼喚聲。

▲ 選項3　這句話單獨使用時語意不明。

3

解答：**3**

▲ 原則上，若是向對方剛剛做完的事，或是即將做的事表示感謝，就用「ありがとうございます（謝謝您）」，如果是對已經完成的事表示感謝，則用「ありがとうございました（謝謝您了）」。因此，在借書的當下應該說「ありがとうございます」，而歸還時則說「ありがとうございました」。

《其他選項》

▲ 選項1　這是用餐結束時的致意語。

▲ 選項2　這句話可以用於各種情況時，但表示的是致歉之意，沒有道謝的意涵。

4

解答：**1**

▲ 表明想要買蕃茄的答案只有選項1而已。

《其他選項》

▲ 選項2　這句話是問蔬果店的店員蕃茄是不是需要的，語意不明。

▲ 選項3　這句話表示已經買下蕃茄了。

5

解答：**2**

▲ 答案可以有很多種，但是選項當中比較適合作為答案的，只有稱讚服裝好看的2。

《其他選項》

▲ 選項1　這句話是用來致謝的。

▲ 選項3　這句話是用來回禮的。

問題4　　　　　　　　　　P74

例

解答：**1**

▲「お国（貴國）」的接頭語「お」屬於敬語的一種，因此指的是對方的「母國」。所以本題問的是對方來自什麼國家，答案應該以選項1的國名最為恰當。

《其他選項》

▲ 選項2　這是當例如被問到「太陽はどちらから昇りますか（太陽是從哪一邊升起的呢）」這樣的問題時所做的答覆。

▲ 選項3　「やって来る（來到）」和「来る（來）」的語意大致相仿。換言之，當說話者講出這句話時，其本人已經來到日本了。

現在問的是他來自哪個國家，可是他卻回答自己來到哪個國家，顯然答非所問。

---

1 解答：**2**

▲ 由於詢問的是時間，因此只有回答時間的選項2為正確答案。

《其他選項》

▲ 選項1　這個回答的是日期。

▲ 選項3　這個回答的是時間的長度。

---

2 解答：**2**

▲ 回答餐餚名稱的只有選項2而已。

《其他選項》

▲ 選項1　這是針對「夕飯は何時ですか（幾點要吃晚餐呢）」所做的回答。

▲ 選項3　對方的詢問中沒有提到餐廳。

---

3 解答：**2**

▲ 由於問的是「どこで（在哪裡）」，而回答地點的只有選項2而已。

《其他選項》

▲ 選項1　對方沒有問到價錢。

▲ 選項3　對方沒有問是什麼時候購買的。

---

4 解答：**1**

▲ 男士所說的「動詞ましょうか（我們（一起）…吧）」，雖然可以用於提議雙方一起做某件事，但在這裡是用「私が（由我來做）」，因此男士的這句話意思是女士不用提重物，交由自己來提就好了，而在選項中只有1是有禮貌的婉拒回應，因此是唯一適當的答案。

《其他選項》

▲ 選項2　「そう（那樣）」是用於只對方剛剛講過的話，在這裡的對話裡是指「男の人が荷物を持つ（男士提行李）」。但是，「動詞ましょう（做…吧）」是指雙方一起做某件事，這個回答與問話產生矛盾。「動詞ましょう」有時候會用作委婉的命令，但沒

有委託的意涵。假如是希望由男士單獨，而不是兩人一起提重物的時候，可以說「すみませんが、お願いします（不好意思，麻煩您了）」之類的請託語。

▲ 選項3　這句話用於答謝的時候。

---

5 解答：**2**

▲「どんな本（什麼書）」是詢問關於書籍內容的說明，因此適切的答案只有選項2而已。

《其他選項》

▲ 選項1　「そうです（沒錯）」是用在Yes-No的一般疑問句的回答，不會作為特殊疑問句的答案。

▲ 選項3　就廣義來說，如何取得書籍的途徑也包括在「どんな本（什麼書）」的說明之中，但通常提問「どんな本」的時候，僅止於詢問書籍的內容而已。

---

6 解答：**1**

▲ 回答是否要出借的答案只有選項1而已。

《其他選項》

▲ 選項2　這是用於致謝，而不是回答央託事項的用詞。

▲ 選項3　這是用於拒絕提議，而不是回答央託事項的用詞。

| 第**3**回 | 言語知識（文字・語彙）

問題1 P76-77

例 解答：**1**

▲ 像動詞、形容詞等有語尾活用變化的字，唸法通常是訓讀，「大きい（大的）」、「大きな」分別讀作「おおきい」、「おおきな」；「大」音讀則唸作「だい」，如「大学／だいがく（大學）」等。

1 　　　　　　　　　　　　解答：2

▲ 像形容詞等有語尾活用變化的字，唸法通常是訓讀，「長い（長的）」讀作「ながい」。音讀讀作「ちょう」，如「社長／しゃちょう（社長）」等。

2 　　　　　　　　　　　　解答：2

▲ 「何」訓讀是「なに」或「なん」，代替名稱或情況不瞭解的事物，或用在詢問數字時。一般來說，表示「什麼」時，常讀作「なに」，表示「多少」時，常讀作「なん」。

3 　　　　　　　　　　　　解答：2

▲ 「自」、「転」、「車」合起來用音讀，唸作「じてんしゃ（自行車）」。請注意「車」音讀是拗音「しゃ」，不是「しや」；另外，「車（車）」當一個單字時用訓讀，唸作「くるま」。

4 　　　　　　　　　　　　解答：1

▲ 「川（河）」當一個單字時用訓讀，唸作「かわ」。

5 　　　　　　　　　　　　解答：3

▲ 「五（五）」純粹作數字時，通常用音讀，唸作「ご」。「五つ（五個）」中「五」的後面接著「つ」表示「…個」，這時的「五」用訓讀讀作「いつ」。

6 　　　　　　　　　　　　解答：4

▲ 「出」與「口」合起來，表示「出口」的意思，用訓讀，唸作「でぐち」。請特別注意，這個用法的「口（口；嘴）」是訓讀「くち」，產生連濁唸作「ぐち」。「口」音讀讀作「こう」，如「人口／じんこう（人口）」。

7 　　　　　　　　　　　　解答：1

▲ 「大きい（大的）」用訓讀，讀作「おおきい」；音讀則唸作「だい」。「人」訓讀讀作「ひと」；音讀讀作「じん」或「にん」，如「日本人／にほんじん（日本人）」、「3人／さんにん（三個人）」等。但「大人（成人）」二字要唸「おとな」，請留意這種特殊的讀音方式。

8 　　　　　　　　　　　　解答：1

▲ 「全」加上「部」，合起來表示「全部」的意思，用音讀，唸作「ぜんぶ」。

9 　　　　　　　　　　　　解答：2

▲ 有語尾活用變化的字，唸法通常是訓讀，「暑い（暑熱的）」用訓讀，讀作「あつい」。表示氣溫高用「暑い」，它的反義詞是「寒い／さむい（寒冷的）」；表示其他物品溫度高時，用「熱い／あつい（熱的，燙的）」，它的反義詞是「冷たい／つめたい（冰涼的）」。

10 　　　　　　　　　　　解答：3

▲ 「今」音讀讀作「こん」，含有「這次」的意思，和「月」合起來唸作「こんげつ」，表示「這個月」的意思。請小心「月」在這邊的用法是音讀，但必須讀作「げつ」，而不是「がつ」。另外，「今」訓讀唸作「いま」，表示「現在」的意思。

問題2 　　　　　　　　　　P78

例 　　　　　　　　　　　　解答：2

▲ 「はな」是漢字「花」的訓讀，小心書寫「花」字時，上方草字頭的那一橫必須連起來。請注意，名詞「鼻（鼻子）」也用訓讀讀作「はな」。

11 　　　　　　　　　　　解答：1

▲ 留意長音的片假名表記「ー」及位置。另外，要小心別把片假名「ア」跟「マ」，或「ト」跟「イ」搞混了。

12 　　　　　　　　　　　解答：2

▲ 「ひとり」是「一人（一個人）」的讀音，請多加留意這種特殊唸法。這個單字意思與中文相同，但答題時得小心不要把「人」跟「入」看錯囉。

克是單位。因此，由「にく（肉）」可以對應到答案的「グラム（公克）」。

13 解答：**4**

▲ 「まい」、「にち」分別是「毎」、「日」兩字的音讀。請特別注意，「毎」下方的寫法跟「母」不同。

14 解答：**2**

▲ 「くすり」是漢字「薬（藥）」的訓讀。請特別留意，寫法跟中文的「藥」字不同。

15 解答：**3**

▲ 「しろい」是形容詞「白い（白色的）」的訓讀。

16 解答：**1**

▲ 「て」是漢字「手（手）」的訓讀。單字意思與中文相同，但背單字時要小心別把假名「て」跟「そ」搞混了。

17 解答：**4**

▲ 「げん」、「き」分別是「元」、「気」兩字的音讀。請特別注意，「気」跟中文「氣」字的寫法不同。

18 解答：**2**

▲ 「ご」、「ご」分別是「午」、「後」兩字的音讀。單字意思大致與中文相同，但兩者讀音一樣，所以得小心別把字序看錯了，正確順序是「午後（下午）」，不是「後午」。

問題3 P79-80

例 解答：**3**

▲ 用「～に～がいます（…有…）」句型，表示某處存在某個有生命的人或動物。

19 解答：**4**

▲ 從後項的「おいしい（好吃）」，推出前項主語是食物，所以答案是「パン（麵包）」。

20 解答：**2**

▲ 日本人日常生活購買肉類時，通常是以公

21 解答：**3**

▲ 從前項「ふうとう（信封）」、「きって（郵票）」二字，以及後項的「いれました（投進了）」，推出空格應該要填入相關用詞「ポスト（郵筒）」。

22 解答：**1**

▲ 日語中，表示「聽音樂」動詞用「きく（聽）」。因此，由「おんがく（音樂）」可以對應到答案的「ききながら（一邊聽）」。句型「動詞ながら（一邊…一邊…）」表示同一主體同時進行兩個動作。

23 解答：**3**

▲ 「ので（因為）」表示理由。看到前項出現「おひるになった（中午了）」，推出後項是吃「おべんとう（便當）」。

24 解答：**4**

▲ 由「また（再次）」、「あいましょう（見面吧）」可以知道題目句在說未來的事，由「にちようび（星期天）」可以對應到答案的「らいしゅう（下週）」。

25 解答：**1**

▲ 由後項的「あつい（燙的）」可以對應到答案的「おちゃ（茶）」。在日語中，一般來說不會用「あつい」去形容「みず（冷水）」，要表達「熱水」的話，通常會用「おゆ／お湯」，因此這一題的選項2並不適合當答案。

26 解答：**3**

▲ 由「かべ（牆壁）」跟「ばらのえが（玫瑰的畫作）」可以對應到答案的「かかって（懸掛）」。句型「動詞＋ています（…著）」可以表示結果或狀態的持續。

27　　　　　　　　　　　　　　　解答：**1**

▲ 用「場所＋で（在）」句型，前項是後項動作進行的場所。插圖中，孩子們在門前玩耍，因此答案是「まえ（前面）」。

28　　　　　　　　　　　　　　　解答：**4**

▲ 題目問的是量詞。在日語中，表示「ほん（書）」的數量時，必須用「さつ（本，冊）」。插圖中，櫃臺上的書有三本，因此答案是「さんさつ（三本）」。

問題 4　　　　　　　　　　　　　P81-82

例　　　　　　　　　　　　　　　解答：**1**

▲ 這一題的解題關鍵字「つまらなかった」，是「つまらない（無聊）」的過去式。選項中的「おもしろくなかった」，是「おもしろい（有趣）」的過去否定形，意思等於「つまらなかった」。

29　　　　　　　　　　　　　　　解答：**2**

▲「すぐそこ」是解題關鍵字，指的是「不遠處」的意思，意思等於「すぐちかく（離這裡很近）」。

30　　　　　　　　　　　　　　　解答：**3**

▲ 這一題的「まいばん（每天晚上）」是解題關鍵，可以對應到答案句的「よる（晚上）」及「いつも（總是）」。

31　　　　　　　　　　　　　　　解答：**4**

▲ 這一題的解題關鍵在於「じょうずではありません（技術還不夠好）」，是形容動詞「じょうず（拿手）」的否定形，可以對應到答案句中「じょうず」反義詞的「へた（不拿手）」。

32　　　　　　　　　　　　　　　解答：**2**

▲「おととし（前年）」是解題關鍵字，意思等於「２ねんまえ（兩年前）」。

33　　　　　　　　　　　　　　　解答：**1**

▲ 這一題的「まだあかるいときに（趁著天色還是亮著的時候）」是解題關鍵，可以對應到答案句的「くらくなるまえに（在天色變暗之前）」。請留意副詞「まだ（還是）」的用法。「形容詞＋とき」意思是「…的時候」；「形容詞く＋なります（變得…）」表示事物的變化。

第3回 **言語知識（文法）**

問題 1　　　　　　　　　　　　　P83-85

例　　　　　　　　　　　　　　　解答：**1**

▲ 用「～は～です（…是…）」表示對主題（説話者與聽話者皆知道的話題）的斷定或説明。

1　　　　　　　　　　　　　　　解答：**2**

▲ 表示後項「でんわをかけました（打了電話）」這個動作的對象，用格助詞「に（給）」。

2　　　　　　　　　　　　　　　解答：**1**

▲ 表示製作某種東西時，使用的材料，用格助詞「で」，中文可以翻譯成「用…」。由「トマト（蕃茄）」與「ジュースをつくって（打果汁）」的關係，可以對應到答案。

3　　　　　　　　　　　　　　　解答：**4**

▲ 由「行きますか（去呢）」及句意，知道時態是未來式，可以對應到答案的「あした（明天）」。如果題目改成「～行きましたか（去了呢）」，時態是過去式，則選項1到3皆可以填入空格中。

4　　　　　　　　　　　　　　　解答：**1**

▲ 表示從某對象借東西，用格助詞「から（向）」。由後面的「かりた（借了）」，可以對應到答案。又，這一題空格也可以填入「に（向）」。

5　　　　　　　　解答：3

▲ 由「１年まえ（一年前）」知道時態是過去式，可以對應到答案的「来ました（來了）」。

6　　　　　　　　解答：4

▲ 表示「食事（吃飯）」是「行きます（去）」這個動作的目的，用格助詞「に」。

7　　　　　　　　解答：2

▲ 用助詞「や」，表示在幾個事物中，列舉出二、三個來做是代表，其他的事物則被省略。雖然中文可以翻譯成「…和…」，這句話暗指買了「くだもの（水果）」和「やさい（蔬菜）」之外，還買了其他東西，但省略不說。

8　　　　　　　　解答：1

▲ 用句型「～も～も」，表示同性質的東西並列或列舉，是「…也…」的意思。由後面的「ねこも（貓也）」，可以對應到答案。

9　　　　　　　　解答：2

▲ 句型「～か～ないか」表示同一個語詞的肯定與否定兩種選項，是「是…或不…」的意思。因此，「行く（去）」及「行かないか（或不去）」間空格應該要填入「か（或）」。

10　　　　　　　　解答：4

▲ 用句型「疑問詞＋も＋否定」，表示全面否定，中文可以翻譯成「也（不）…」。這一題答案可以對應到後項的「ありません（沒有）」。

11　　　　　　　　解答：1

▲「まだ」後接否定，表示某件事情到現在都還沒完成，是「還沒…」的意思。由第二句的「もうすこしでおわります（再一下下就寫完了）」，可以對應到答案。

12　　　　　　　　解答：1

▲ 當連接兩個形容詞作述部時，必須將前面的形容詞詞尾「い」改成「く」，再接上

「て」。因此，連接「やすい（便宜）」、「おいしい（好吃）」後，就是「やすくておいしい（既便宜又好吃）」，表示屬性的並列。「形容詞く＋て」意思是「既…又…」。

13　　　　　　　　解答：4

▲ 當連接形容動詞與形容詞作述部時，必須將前面的形容動詞詞尾「だ」改成「で」。因此，連接「しずか（安靜）」、「ひろい（寬闊）」後，就是「しずかでひろい（既安靜又寬闊）」，表示屬性的並列。「形容動詞詞幹で」意思是「既…又…」。

14　　　　　　　　解答：3

▲ 表示後項「わたして（轉交）」這個動作的對象，用格助詞「に（給）」。

15　　　　　　　　解答：1

▲ 形容動詞詞尾「だ」改成「に」，可以用來修飾後面的動詞。因此，答案的「じょうずに（很好）」，在這裡句修飾了後項的「うたいます（唱歌）」。

16　　　　　　　　解答：3

▲ 由「どうして（為什麼）」可以知Ａ提出問句，可以保留選項２跟３。又，「動詞たい（想要…）」用在疑問句時，表示聽話者的願望，根據Ｂ的意思可以刪除２，因此空格應該要填入選項３，用「のだ／んだ」表示對某狀況進行說明或要求說明。

問題2　　　　　　　　**P86-87**

問題例　　　　　　　　解答：1

※ 正確語順

A「こうばんは　どこですか。」

▲ 由Ｂ的回答，知道Ａ在問某事物的位置，表示「…在哪裡？」用「～はどこですか」的句型，所以推出★處應該要填入「どこ（哪裡）」。

※ 正確語順

> 店員「むこうの　本だなの　上から　2
> ばんめに　あります。」

（てんいん　ほん　うえ）

▲ 用句型「～は～にあります（…在…）」，表示某物存在於某處。這一題已提到某物是「りょこうの本（旅遊類的書）」，所以店員可以省略掉開頭的「りょこうの本は」，直接回答「～にあります（…在…）」，得出第四格是1。又，表示物品放置於櫃、架的某一層，可以用「方位＋から＋數字＋ばんめ（從…數第…）」，所以第三、四格合併後就是「上から2ばんめに（從上面往下數第二層）」，得出★處是2。選項3、4則說明旅遊書在什麼的「上から2ばんめ」。

※ 正確語順

> 学生「テストの　日には、何を　もって
> 　　　きますか。」

（がくせい　ひ　なに）

▲「もって（攜帶）」是他動詞，目的語後面必須搭配「を」，得出選項1、2、3的正確排序是「何をもって（帶什麼）」。又，句型「てくる」表示動作由遠而近，向說話人的位置、時間點靠近，中文可以翻譯成「…過來」。因此，「きます（來）」接在「もって」後面，得出★處是4。

※ 正確語順

> A「あなたの　家の　近くに　公園は
> 　　ありますか。」

（いえ　ちか　こうえん）

▲「の（的）」可以連接兩個名詞，表示用名詞修飾名詞，所以選項2必定會接在選項3之後。又，可能的語順排列有「家のあなたの近くに（家的你的附近）」、「家の近くにあなたの（家的附近你的）」、「あなたの

家の近くに（你的家的附近）」、「あなたの近くに家の（你的附近的家）」、「近くに家のあなたの（附近家的你的）」或「近くにあなたの家の（附近你的家的）」，但只有第三個放回原句意思才通順，得出★處應該要填入「の」。

※ 正確語順

> B「いいえ。どこへも　行きませんでした。」

（い）

▲ 動詞過去否定式敬體用「ませんでした（不…了）」，得出第四格是1。「へ（往）」可以用在表示行為的目的地，所以接在場所疑問代詞「どこ（哪裡）」的後面。又，用句型「疑問詞＋も＋否定」，表示全面否定，是「都（沒）…」的意思。請注意日語中沒有「どこもへ」的說法，正確語順是「どこへも（哪裡都）」，得出★處是2。

※ 正確語順

> B「野球も　すきですし　サッカーも
> 　　すきですよ。」

（や　きゅう）

▲「です」用在句尾，表示對主題的斷定或說明，得出第四格是4。又，用句型「～も～も」，表示同性質的東西並列或列舉，是「…也…也…」的意思。「サッカー（足球）」跟「野球（棒球）」都屬於運動類，可以推出選項2、3正確語順是「サッカーも（足球也）」。選項1的「～し～（既…又…）」，用在並列陳述性質相同的複數事物，對N5程度來說或許有點難，但就語意而言，出現「すき（喜歡）」的選項1、4不會連在一起，因此推出「サッカーも」會填在第二、三格，得出★處是1。

望奶奶，所以答案是選項３。

▲ 再看看可能比較有問題的選項２，由於在文章中寫的是「妹とびょういんに行きました（和妹妹一起去了醫院）」，因此「わたし」和「妹」是對等的關係，兩人同樣身為主體採取了「行く（去）」的行動。如果是選項２的「妹をびょういんにつれて行きました（帶妹妹去了醫院）」，那麼「わたし」是主導，而「妹」是從屬的關係，那麼身為主體做了「行った」行為的只有「わたし」，而妹妹則是被動的角色。像這樣的敘述方式，通常會用在當「妹」生病的時候。

28	解答：4

▲ 請用刪除法找出正確答案。首先，用魚的數量刪去選項１和２。接著，由於每幅圖都有「小さな石（小石頭）」，但是題目提到「水草を３本（三株水草）」，因此正確答案是選項４。

29	解答：2

▲ 由於「７時には家に帰るので、電話をしてください（我七點前回到家，請打電話給我）」，因此要等到七點再打電話。還有，「７時には」和「７時に（在七點）」不同，意思是「最遲也會在七點之前」。 關於這個助詞「は」的用法，現在不太清楚沒關係，只要循序漸進就可以逐漸明白它的正確用法了。

問題 3	P88

22	解答：2

▲ 由於接在後面的「そうじ（打掃）」是名詞，因此空格要填入「の」。假如後面接的是動詞「そうじします（打掃）」，空格就要填入「を」。

23	解答：4

▲ 由於「こうえんはとてもひろいです（那座公園很寬闊）」與「こうえんは大きな木が何本もあります（公園裡有好幾棵大樹）」連結在同一個句子裡，因此「ひろいです（寬闊）」變成「ひろくて」。這就是當句子中途有小停頓時，所使用的「形容詞くて」句型。

24	解答：4

▲ 植物存在要用「あります（有）」。自己無法動的無生命物體名詞用存在的動詞「あります」，但例外的是植物雖然是有生命，但無法動，所以也用「あります」。

25	解答：1

▲ 用句型「動詞たり、動詞たりします（或是…或是…）」，可以表示動作並列，意指從幾個動作之中，例舉出兩、三個有代表性的，並暗示還有其他的。由前面的「読んだり（或是閱讀）」，可以對應到答案。

26	解答：3

▲ 考慮看電視和吃晚飯這兩件行為的相關性，應該採用表示動作同時進行的「動詞ながら（一面…一面…）」最為適切。

第3回	読解

問題 4	P89-91

27	解答：3

▲ 在第一、二段中提到「わたし（我）」跟妹妹放學後去醫院，去醫院的理由是為了探

問題 5	P92

30	解答：2

▲ 既然被問到關於下加底線部分的問題，首先就從其附近開始尋找解答。題目問的是「何に気がつきましたか（發現了什麼事呢）」，而在文章中出現「～ことに気がつきました（發現了…事情）」，因此與「何（什麼）」相當的部分就是「こと（事情）」。

31	解答：4

▲ 原文倒數第三行很明確地寫著正確答案。

32　　　　　　　　　　　　　　解答：**4**

▲ 山中小姐想買的電子鍋和烤土司機，並沒有出現在「7月中安い！（7月最便宜）」，因此想要買到優惠價，必須鎖定特定日期或時段。又，山中小姐只能在星期六或是星期日去商店購買，因此首先對照「1日だけ安い！（僅限一天優惠）」星期六和星期日的部分，發現十九日（日）烤土司機有特價。十七日雖然電子鍋有特價，但因為是星期五，所以山中小姐沒辦法去買。接下來看「決まった時間だけ安い！（限時特價優惠）」的部分，十八和十九日的下午六點電子鍋有特價，因此只要在十九日的下午六點去買，就可以同時以優惠價買到這兩件小家電了。此外，「すいはんき（電子鍋）」的漢字寫作「炊飯器」。

第**3**回	聴解

例　　　　　　　　　　　　　　解答：**3**

▲ 老師提議浣熊那區「いっしょに行きませんか（要不要一起去呢）」，學生也贊同，所以之後去看的動物是浣熊。

1　　　　　　　　　　　　　　解答：**4**

▲ 男孩想要的是最便宜的甜麵包，所以買的是「3個100円のパン（三個一百日圓的麵包）」。

2　　　　　　　　　　　　　　解答：**4**

▲ 男學生原本打算睡一整天。接著聽見女學生要去百貨公司，於是說他也想去。不過，他想起來「あ、でも、宿題もまだでした（啊，可是我功課還沒寫完）」，而女學生說，作業星期一要交，一天做不完。因此，星期六、日都必須要做作業。

3　　　　　　　　　　　　　　解答：**4**

▲ 首先，女士回來的時間是「たぶん5時頃になります（大概是五點左右）」。天氣預報傍晚會下雨，所以女士五點回來時，下雨的可能性相當高。女士想要帶雨傘，不過男士說「雨が降ったときは、僕が駅まで傘を持っていきますよ（要是那時下了雨，我再送傘去車站給妳呀）」，於是，她拜託了男士。總之，她打消了帶傘的念頭。

4　　　　　　　　　　　　　　解答：**3**

▲ 是「日本料理（日本菜）」又是「魚（魚）」的只有選項3。

5　　　　　　　　　　　　　　解答：**3**

▲ 因為有「コーヒーをお願いします（麻煩買咖啡回來）」和「コーヒーに入れる砂糖もお願いします（要加到咖啡裡面的砂糖也拜託順便買）」，所以買的是咖啡和砂糖。

6　　　　　　　　　　　　　　解答：**3**

▲ 請用刪除法找出正確答案。因為不需要「長くて厚い冬のコート（冬天的長版厚大衣）」，所以刪掉選項1和2。想要的是短的白色外套，喜歡有「大きいボタン（大大的鈕釦）」的外套，所以買的是3。

7　　　　　　　　　　　　　　解答：**1**

▲ 女士買「小さくて軽い（又小又輕的）」相機和相機套、一卷底片。在這次的選項當中，底片的卷數是決定答案的關鍵。雖然「ケース（相機包）」這個單字對N5來說有點難，不過就算聽不懂，看圖應該也能想到才對。

例　　　　　　　　　　　　　　解答：**2**

▲ 因為男士說「これから会社の近くの駅で家族と会って、それから～（我等下要去公司附近的車站和家人會合，然後…）」，所以首先去的地方是「会社の近くの駅（公

司附近的車站）」。男士的父親生日、去餐廳、買點心當作禮物等，都和答案沒有關係。

1
解答：**3**

▲ 和買東西有關的話題除了郵票之外沒有其他。要用原子筆還是用鋼筆寫信，和答案沒有關係。

2
解答：**3**

▲ 因為有「１週間に３回走ります。１回に５キロメートルずつです（一星期跑三次，每次各跑五公里）」，所以一個星期內合計跑十五公里。

3
解答：**3**

▲ 二十七歲結婚，現在是三十歲，所以是在三年前結婚的。

4
解答：**2**

▲ 這個男生恐怕是比這個女生工作經驗還少的後輩。女士剛開始認為讓男士一個人去銀行會有問題，所以說「私も行きます（我也要去）」，不過男士卻回答「ぼくは買い物に行くだけですから、一人で大丈夫です（我只是要去買東西而已，自己去就行了）」。

5
解答：**2**

▲ 男士邀請女士吃午餐，不過女士在這之前已接受其他男生的午餐邀約。女士雖然沒有斷然拒絕這次的邀請，但是卻婉轉的說了預定要和「吉野くん（吉野同學）」一起在「まるみや食堂（圓屋餐館）」吃飯。

6
解答：**1**

▲ 剛開始說昨天做了作業，不過並非一整天都在做作業，下午去了海邊。所以做作業是上午的事。在對話當中，談到下午去海邊的比例比較高，不過問題問的是昨天上午做的事情，所以答案是１。

例
解答：**3**

▲ 早晨的問候語應該是「おはよう／おはようございます（早安）」。

《其他選項》

▲ 選項１　　這是外出時的問候語。

▲ 選項２　　這是中午至日落之間，遇到人時的問候語。

1
解答：**3**

▲ 店員會以「いらっしゃいませ（歡迎光臨）」這句話歡迎顧客光臨。

《其他選項》

▲ 選項１　　這句話是用於致謝，假如是出自店員的口中，那麼應該是在結帳後把收據遞給顧客、或是顧客離開店門時的致意詞。

▲ 選項２　　這句話當出自店員的口中時，同樣是當顧客離開店門時的致意詞（「またどうぞ来てください（歡迎再度光臨）」的省略語）。

2
解答：**1**

▲ 由於這個情況一定要道歉才行，因此只有選項１符合。

《其他選項》

▲ 選項２　　這句應是感到困擾的一方說的話。

▲ 選項３　　這句話適用於當對方和平常的狀態看起來不一樣的時候的詢問句。

3
解答：**2**

▲ 第一次見面時的問候語，以「はじめまして。○○と申します。よろしくお願いします（幸會，敝姓○○，請多指教）」為基本句型。

《其他選項》

▲ 選項１　　這句話是道謝詞。

▲ 選項３　　這句話是致歉詞。

4 解答：1

▲ 和明天會在見面的朋友說再見時，最常用選項1的道別語。另外，「バイバ（一）イ（bye-bye）／再見」也很常用。

《其他選項》

▲ 選項2　這是致歉語。

▲ 選項3　這是當對方致謝或道歉時回覆的話，意思是「該說這句話的人是我才對」。

5 解答：3

▲ 睡覺前的致意語是「おやすみ／おやすみなさい（晚安）」。

《其他選項》

▲ 選項1　這是在晚間與人見面時的問候語。

▲ 選項2　不論在任何情況下，都沒有這樣的說法。

問題4 P108

例 解答：1

▲「お国（貴國）」的接頭語「お」屬於敬語的一種，因此指的是對方的「母國」。所以本題問的是對方來自什麼國家，答案應該以選項1的國名最為恰當。

《其他選項》

▲ 選項2　這是當例如被問到「太陽はどちらから昇りますか（太陽是從哪一邊升起的呢）」這樣的問題時所做的答覆。

▲ 選項3　「やって来る（來到）」和「来る（來）」的語意大致相仿。換言之，當說話者講出這句話時，其本人已經來到日本了。現在問的是他來自哪個國家，可是他卻回答自己來到哪個國家，顯然答非所問。

1 解答：3

▲ 以回答「いつから（從什麼時候開始）」的選項3為正確答案。

《其他選項》

▲ 選項1　這個回答是指頻率，因此不是正確答案。

▲ 選項2　這個回答是指期間，因此不是正確答案。

2 解答：2

▲ 因為問的是疼痛的部位，因此以回答身體部位的選項2為正確答案。

《其他選項》

▲ 選項1　「そうです（是這樣的）」是用在Yes-No的一般疑問句的回答，不會作為特殊疑問句的答案。

▲ 選項3　並未詢問「どのくらい（多少）」。

3 解答：1

▲ 以回答「いつまでに（做到什麼時候）」的選項1為最恰當的答案。

《其他選項》

▲ 選項2　題目問的是期限，卻央託對方幫忙，顯然答非所問。

▲ 選項3　這個回答是用在比方對方詢問「この仕事を夕方までにやってほしいんですが……（我希望你能在傍晚之前完成這項工作，可以嗎）」的時候。

4 解答：3

▲ 題目是有男士邀約一起旅行，因此以回答要去或不去的選項3才是正確答案。

《其他選項》

▲ 選項1　「行きません（不去）」這樣的拒絕方式雖然過於直接，但如果只回答這樣，還不至於算是錯誤；但是，前面先回答「はい（好）」，表示答應要一起去旅行，後面又說不去，顯然前後矛盾。

▲ 選項2　如果回答「いいえ（不）」，表示「不會和你一起去旅行」；若是後面又接了「行きます（去）」，顯然前後矛盾。

5 解答：2

▲ 以表示請託、指令的句型「てください（請…）」，來同意對方提議的選項 2 為正確答案。

《其他選項》

▲ 選項 1　這個回答語意不明，很難想像會用在什麼樣的情況之下。

▲ 選項 3　由於「いいえ（不）」表示否定對方的提議，接下來說的應該是「不必開燈沒關係」才合理。

6 解答：1

▲ 以回答「何人（幾個人）」的選項 1 為恰當的答案。由於題目很明確地詢問關於兄弟姊妹的情況，因此答案裡可以不必再重複一次。

《其他選項》

▲ 選項 2　這是用在當被問到「你家裡有哪些兄弟姊妹」時的回答。如果這個選項改成「僕と弟の二人兄弟です（家裡只有我和弟弟兩兄弟）」，才可能是這一題的答案。

▲ 選項 3　這個雖然也是回答「幾個人」，但題目問的不是家庭的人數，因此不是正確答案。

| 第**4**回 | 言語知識（文字・語彙） |

問題1　　　　　　　　　　P110-111

例（れい）　解答：1

▲ 像動詞、形容詞等有語尾活用變化的字，唸法通常是訓讀，「大きい（大的）」、「大きな」分別讀作「おおきい」、「おおきな」；「大」音讀則唸作「だい」，如「大学／だいがく（大學）」等。

1 解答：2

▲「二」純粹作數字時，通常用音讀，唸作

「に」，但後面接著「つ」表示數量，要用訓讀唸作「ふた」。

2 解答：1

▲ 像動詞等有語尾活用變化的字，唸法通常是訓讀，「呼ぶ（叫）」讀作「よぶ」。

3 解答：3

▲「南」當一個單字時用訓讀，唸作「みなみ」。

4 解答：3

▲ 日語中，以「日」表示天數、日期，讀音有些用訓讀「か」，有些則用音讀「にち」，「二日／ふつか（二號）」到「十日／とおか（十號）」的「日」都用訓讀。「三」純粹作數字時，通常用音讀，讀作「さん」，但後面搭配以訓讀發音的量詞時，通常會用訓讀唸作「みっ」，所以「三日（三號）」要唸作「みっか」。

5 解答：3

▲ 像形容詞等有語尾活用變化的字，唸法通常是訓讀，「広い（寬敞）」讀作「ひろい」。

6 解答：4

▲「写」與「真」合起來，表示「照片」的意思，用音讀，唸作「しゃしん」。「写す（照相；描繪）」用訓讀，讀作「うつす」。另外，請注意「真」的寫法，跟中文的「真」略有不同。

7 解答：1

▲「池（池塘）」當一個單字時用訓讀，唸作「いけ」。音讀唸作「ち」，如「電池／でんち（電池）」。

8 解答：4

▲「道（道路）」當一個單字時用訓讀，唸作「みち」。音讀唸作「どう」，如「北海道／ほっかいどう（北海道）」。

9 解答：**2**

▲「角」當一個單字，表示「轉角」的意思時，用訓讀，唸作「かど」。音讀唸作「かく」，如「三角／さんかく（三角）」。

10 解答：**3**

▲ 有語尾活用變化的字，唸法通常是訓讀，「細い（窄的）」讀作「ほそい」。「細かい（細小的；詳細的）」用訓讀，讀作「こまかい」。請注意「細」左半部的寫法，跟中文「細」左半部不同，要寫成「糸」才對。

問題2 P112

例 解答：**2**

▲「はな」是漢字「花（花朵）」的訓讀，小心書寫「花」字時，上方草字頭的那一橫必須連起來。請注意，名詞「鼻（鼻子）」也用訓讀讀作「はな」。

11 解答：**4**

▲ 留意長音的片假名表記「ー」及位置。還得小心別把片假名「レ」跟平假名「し」，或「エ」跟「ニ」搞混了。

12 解答：**2**

▲「ちゃ」是漢字「茶（茶）」的音讀。意思與中文相同，但「茶」還有另一個音讀唸作「さ」，如「きっさてん／喫茶店（咖啡店）」。

13 解答：**1**

▲「あく」是動詞「開く（打開）」的訓讀。答題時得注意，其他選項可能出現「閉」、「問」、「関」等相似漢字，別粗心看錯了。

14 解答：**2**

▲「いわ」是漢字「岩（岩石）」的訓讀。背單字時，別把「いわ」混淆成假名相似的「いろ／色（顏色）」囉。

15 解答：**3**

▲「むら」是漢字「村（村子）」的訓讀。答題時得小心不要把「村」跟「材」看錯囉。

16 解答：**1**

▲「もうす」是動詞「申す（叫做）」的訓讀。答題時請看清楚，其他選項可能出現「甲」、「由」等相似漢字，來混淆視聽。

17 解答：**4**

▲「はん」、「ぶん」分別是「半」、「分」兩字的音讀。這兩個字組合後成為「半分（一半）」，意思跟中文不太一樣，所以請特別留意。

18 解答：**2**

▲「ちかい」是形容詞「近い（近的）」的訓讀。意思與中文相同，最好能與反義詞「とおい／遠い（遠的）」一起記。如果其他選項出現「返」等相似漢字，請小心不要看錯。

問題3 P113-114

例 解答：**3**

▲ 用「～に～がいます（…有…）」句型，表示某處存在某個有生命的人或動物。

19 解答：**2**

▲「ので（因為）」表示理由，所以從前項的「あるくとおそくなる（走路去會遲到）」，可以推論出要搭「タクシー（計程車）」去。

20 解答：**1**

▲「形容詞く」可以用來修飾動詞。「ふとって（胖）」、「やせて（瘦）」等也可以說明「みえます（看起來）」的狀況，但由前項「おばはちいさくてかわいい（阿姨個頭嬌小又可愛）」來看，空格填入「わかく（年輕）」句意才通順。

21 　　　　　　　　　解答：**3**

▲「はをみがく」是「刷牙」的意思。由前項「たべたあと（吃完以後）」，推出空格應該要填入「みがきます（刷）」。

22 　　　　　　　　　解答：**1**

▲ 題目問的是量詞。在日語中，表示「くるま（車）」的數量時，必須用「だい（輛）」。

23 　　　　　　　　　解答：**3**

▲ 從前項的「わからないとき（不清楚的時候）」，可以對應到答案的「きいて（問）」。句型「てください（請…）」用在請求、指示或命令某人做某事。

24 　　　　　　　　　解答：**4**

▲ 句型「がほしい（想要…）」表示主詞或說話人想要某樣東西。從前項的「ふるい（舊）」，可以對應到答案的「あたらしい（新）」。「あたらしいのが（新的）」的「の（的）」是一個代替名詞，在這裡題指的是前面提過的「カメラ（照相機）」。

25 　　　　　　　　　解答：**1**

▲ 由前項「ことばのいみをしらべたい（要查字詞的意思）」，可以對應到答案「じしょ（辭典）」。「動詞たい（想要…）」表示主詞或說話人的願望。

26 　　　　　　　　　解答：**3**

▲「シャワーをあびる」是「淋浴」的意思。因此，由「シャワー（淋浴）」可以對應到答案的「あびます（淋）」。

27 　　　　　　　　　解答：**1**

▲ 由前項的「ペット（寵物）」可以對應到答案的「いぬ（狗）」。

28 　　　　　　　　　解答：**3**

▲ 用「場所＋に（在）」句型，可以人事物表示存在的場所。插圖中，錢包在郵局的前面，因此答案是「まえ（前面）」。

例 　　　　　　　　　解答：**1**

▲ 這一題的解題關鍵字「つまらなかった」，是「つまらない（無聊）」的過去式。選項中的「おもしろくなかった」，是「おもしろい（有趣）」的過去否定形，意思等於「つまらなかった」。

29 　　　　　　　　　解答：**2**

▲「時間＋に＋次數（…之中）」表示某時間範圍內的次數。這一題的「１ねんに１かい（一年一趟）」是解題關鍵，可以對應到答案句的「まいとし１かい（每年一趟）」。另外，「１ねんに１かいは」的「は」暗示也有可能兩次以上、至少一次的意思。

30 　　　　　　　　　解答：**3**

▲ 這一題的解題關鍵字是「けさ（今早）」，意思等於「きょうのあさ（今日上午）」。

31 　　　　　　　　　解答：**4**

▲ 日語中，表示「在…工作」可以用「～につとめている」，或「～ではたらいている」，請注意兩者使用的助詞不同。題目句的「～につとめています」，可以對應到答案句的「～ではたらいています」。

32 　　　　　　　　　解答：**2**

▲ 句型「あまり～ない」是「不太…」的意思。題目句的「いつもげんき（向來很健康）」，意思等於「あまりびょうきをしません（我不太生病）」。

33 　　　　　　　　　解答：**4**

▲「あさって（後天）」是解題關鍵字，意思等於「二日あと（兩天後）」。

文字・語彙

1
2
3
4
5
6

第4回 言語知識（文法）

問題1　　　　P117-119

例　　　　解答：**1**

▲ 用「～は～です（…是…）」表示對主題（説話者與聽話者皆知道的話題）的斷定或説明。

1　　　　解答：**2**

▲ 用副助詞「も」，表示累加、重複，中文可以翻譯成「…也…、都…」。由後項「いっしょに来てくださいね（請一起來喔）」來看，空格如果填入「は」、「を」或「に」，意思不合邏輯，所以答案是2。

2　　　　解答：**1**

▲ 表示動作、行為的方向，可以用格助詞「へ（往）」或「に（往）」，但這一題的選項只出現「へ」，因此答案是1。

3　　　　解答：**4**

▲ 由「あなたのたんじょうびですか（你的生日嗎）」可以推測「きょう（今天）」是句子的主題，所以由兩者關係可以解出答案。

4　　　　解答：**1**

▲ 用句型「疑問詞＋も＋否定」，表示全面否定，中文可以翻譯成「都（不）…」。考慮到「だれ（誰）」與「できません（不會做）」的關係，可以對應到答案。

5　　　　解答：**3**

▲ 用句型「しか＋否定」，表示限定，是「只、僅僅」的意思。又，「ので（因為）」表示理由，所以前項「このにくは高い（這種肉很貴）」，可以對應到後項「少ししか買いません（只買一點點）」，而解出答案。

6　　　　解答：**4**

▲ 形容動詞後接名詞時，必須把詞尾「だ」

改成「な」，所以答案是4，表示用「しずかな（靜謐）」修飾後面的「夜（夜晚）」。

7　　　　解答：**2**

▲「スイス（瑞士）」和「オーストリア（奧地利）」這兩個單字比較難，但可以由前句的「どこのくに（哪個國家）」推測兩者是國名。又，後項出現「～に行きたいです（想去）」，所以句子可能想表達「兩國都想去」或「想去其中一國」。但沒有「と（和）」的選項，因此排除前者的可能性。以日語表達「想去其中一國」的意思，用副助詞「か」，表示在幾個當中，任選其中一個，中文可以翻譯成「或…」。

8　　　　解答：**1**

▲ 從「あした（明天）」知道時態是未來式，可以先刪除選項4。「でしょう」伴隨降調，表示説話者的推測，前接動詞時要用動詞普通形，中文可以翻譯成「大概…吧」。選項2跟3接續用法錯誤，因此答案是1。

9　　　　解答：**2**

▲ 表示動作進行的場所，用格助詞「で」，是「在…」的意思。考慮到「うみ（海）」與「およげません（不能游泳）」的關係，可以對應到答案。

10　　　　解答：**4**

▲ 用句型「あまり＋否定」，表示程度不特別高，數量不特別多，中文可以翻譯成「不太…」。由「あまり」可以對應到答案。

11　　　　解答：**1**

▲ 準體助詞「の（的）」後面可以省略前面出現過，或無須説明談話者都能理解的名詞，避免一再重複。這邊的「の」後面被省略的是前句提到的「本（書）」。

12　　　　解答：**2**

▲「でしょう（…吧）」伴隨降調，表示説話者的推測，常和「たぶん（大概）」一起使用。

如果空格填入「どうして（是什麼）」、「もし（假如）」及「かならず（一定）」，意思不合邏輯，所以答案是2。

13
解答：4

▲ 從「先週（上星期）」知道時態是過去式，因此空格不會是選項1。又，由表示否定的「いえ（不是的）」可以刪去選項2。最後，就句意邏輯來判斷，空格填入「かいました（買了）」，意思才通順。

14
解答：2

▲ 以「動詞ます形＋ましょう（…吧）」的形式，表示勸誘對方跟自己一起做某事。又，當對方提出「ませんか（要不要…呢）」或「ましょうか（我們一起…吧）」的邀約、提議時，可以用「ましょう」作為同意的回應。由前句的「のぼりませんか（要不要一起爬山呢）」可以對應到答案。

15
解答：3

▲ 用「他動詞＋てあります（已…了）」，表示抱著某個目的、有意圖地去執行，當動作結束之後，已完成動作的結果持續到現在。由後項的「どうぞつかってください（請自行取用）」，可以推出前項「買好明信片」的狀態持續到現在，因此答案是3。

16
解答：4

▲ 用「自動詞＋ています（…著）」，表示跟目的、意圖無關的某個動作結果或狀態，仍持續到現在。由「でる（懸掛）」是自動詞，可以對應到答案。

問題2　　　　　　　　　　　　　　P120-121

問題例
解答：1

※正確語順

A「こうばんは　どこですか。」

▲ 由B的回答，知道A在問某事物的位置，

表示「…在哪裡？」用「～はどこですか」的句型，所以推出★處應該要填入「どこ（哪裡）」。

17
解答：3

※正確語順

リン「そうですね、たいてい　ゴルフを　して　います。」

▲「打高爾夫球」日語用「ゴルフをする」，這時的「ゴルフ（高爾夫）」是目的語，是「する（打）」動作所涉及的對象。又，句型「動詞＋ています（都…）」，表示有從事某行為動作的習慣。因此，推出空格正確語順是「ゴルフをしています（都去打高爾夫球）」，知道★處是3。

18
解答：4

※正確語順

大島「その　赤い　りんごを　5こ　ください。」

▲ 購物或向對方要求某物時，可以用句型「名詞＋を＋數量＋ください（給我…）」。又，形容詞修飾名詞時，會直接放名詞前面。因此，知道★處應該要填入「りんご（蘋果）」。

19
解答：2

※正確語順

B「はい、とても　げんきで　大学に　行って　います。」

▲ 表示動作的方向、行為的目的地，用格助詞「に（往）」或「へ（往）」。又，表示在某種狀態、情況下做後項事情，用格助詞「で」。因此，推出空格正確語順是「げんきで大学に（精神好去大學）」，知道★處是2。

20

解答：1

※ 正確語順

> つくえの　上_{うえ}に　本_{ほん}や　ノートなどが
> あります。

▲ 用句型「〜に〜があります（…有…）」，表示某處存在無生命事物，得出第四格是 3。用句型「〜や〜など」，表示舉出幾項，但並未全部説完，中文可以翻譯成「…和…等等」。因此，可以推出「など」、「本や（書本和）」、「ノート（筆記本）」正確順序是「本やノートなど（書本和筆記本等等）」，知道★處應該要填入「など」。

21

解答：2

※ 正確語順

> 女_{おんな}の人_{ひと}「やわらかくて　おいしい　パン
> は　ありますか。」

▲ 當連接兩個形容詞時，必須將前面的形容詞詞尾「い」改成「く」，再接上「て」。因此，連接「やわらかい（香軟）」、「おいしい（好吃）」後，就是「やわらかくておいしい（香軟又好吃）」，表示屬性的並列。而形容詞修飾名詞時，會直接放名詞前面。又，「は」可以表示句子主題。因此，知道★處應該要填入「おいしい」。

問題3　　　　　　　　　　　　　　　P122

22

解答：3

▲ 由「おそく（晩的）」和「仕事（工作）」來推測，以表示時間終點的「まで（到）」最為適切。這個「おそく」是用形容詞「おそい」的連用形當作名詞來使用，如同從「近い（接近）」衍生出來的名詞「近く」一樣。

23

解答：1

▲「あまり（〈不〉太…）」的後面加否定，表

示程度不高。此外，由於話題談到的是「父（爸爸）」，因此不可以用「ある（有…）」而應該用「いる（有…）」。

24

解答：3

▲ 後面可以接「です」的只有選項 2 和 3 而已。由文脈來考量，這裡應該用表示期望的「動詞たい（想要…）」才合適。如果是「食べてほしい（希望你吃）」，表示希望別人吃，而不是自己吃。

25

解答：4

▲「ので（原因）」表示原因、理由，所以要選由前項所推論的結果或結論。這裡要注意到是，自動詞與他動詞的不同用法。由於空格前面寫的是「仕事を（工作）」，因此以他動詞的選項 4 最為適切。如果用「はじまる（開始）」，前面不能用「を」，要改成「仕事がはじまりました（開始工作了）」，但如此一來，開始工作就不是出於母親個人的意志，這樣上下文就説不通了。

26

解答：2

▲ 空格要填入表示比較基準的詞語。在這一句中，雖然缺少句型「より〜ほう（比起…，更…）」的「ほう（更…）」，但意思是「わたしより妹のほうが（我妹妹比我更…）」。

| 第**4**回 | 読解 |

問題4　　　　　　　　　　　　　　P123-125

27

解答：2

▲ (1) 的文章是由兩個句子所組合而成的。以內容來看，可以分成三個部分：

①今日上午有考試

②吃完午餐之後就回家練習鋼琴了

③明天朋友要來我家

▲ 題目中的「今日の午後（今天下午）」，等同

於文章中的「昼ごはんを食べたあと（吃完午餐之後）」。和②描述近似內容的是選項2。至於選項1等同於①，而選項3和4則將③描述成已經結束的事了。

28 解答：3

▲ 這裡要用刪去法解題。首先，由於是「まるいテーブル（圓桌）」，因此選項1和4不對。而「父は大きないすにすわり（爸爸坐在大椅子上）」，選項2和3都符合。接著，「父の右側にわたし、左側に弟がすわります（坐在爸爸右邊的是我，左邊是我弟弟）」，因此媽媽坐在爸爸右邊的選項2被剔除，如此一來，正確答案就是選項3了。這裡要注意的是，左右邊的描述方式，並不是依照看著圖畫的讀者視線而定，而是由圍坐在桌前的人們的角度來敘述的。因此，可能要花一些時間來思考，不過選項2裡出現一個可能是「わたし（我）」的人物坐在「父（爸爸）」的對面，這是一條很好的線索。還有，再接著看文章的後續描述，「父の前には、母がすわり（媽媽坐在爸爸的前面）」也和選項3的圖吻合。

29 解答：2

▲ 這張紙條是由三個句子所組合而成的。題目裡提到的「幫老師影印地圖」出現在紙條的第一句裡，而「發給全班同學」則相當於第二句。因此，在發給同學以後要做的事，也就在第三句裡面。紙條和選項2的敘述大致相同，應該很容易就能答對了。

問題5   P126

30 解答：2

▲ 這篇文章的結構如下：

第一段：昨天是祖母的生日，以及介紹祖母

第二段：家人個別為祖母做了什麼事

第三段：祖母看起來很高興，希望祖母往後永遠老當益壯

▲ 其中，家人各別為祖母做了什麼事寫在第

二段裡。爸爸做的事情是第二句。文章中的敘述和選項2幾乎完全相同，應該很容易就能答對了。

31 解答：4

▲ 同樣地，文章中包含下加底線部分的句子，與選項4的敘述幾乎一模一樣，應該很容易就能答對了。此外，「ろうそく（蠟燭）」和「立てる（插了）」的難度超出 N5 等級，先記起來，以後用處多多喔。

問題6   P127

32 解答：4

▲ 根據「お知らせ（通知單）」，今天是六月十二日。希望送達的日子是明天，因此首先按下希望送達日期的「0613」。緊接著，希望送達的時間是下午六點以後，因此再按下「4」。

第4回 | 聴解

問題1   P128-132

例 解答：3

▲ 老師提議浣熊那區「いっしょに行きませんか（要不要一起去呢）」，學生也贊同，所以之後去看的動物是浣熊。

1 解答：4

▲ 請用刪除法找出正確答案。首先，因為是「カップ（杯子）」，所以不用考慮2和3。不要被「同じものが3個あるでしょう（同樣的杯子有三個吧）」所混淆而選3。正確解答是4。

2 解答：4

▲ 男學生雖然去了書店，不過並沒有找到好書。所以他接受女學生的建議，要去圖書館。

解答：3

▲ 因為提到「7月中は忙しいので、来月はどうですか（我七月份很忙，下個月再去好嗎）」，所以之後接下來説的都是指八月期間的計畫。因為提到「日曜日の 10 日に行きましょう（十號的星期日去吧）」，所以去的日子是八月十日。

4

解答：3

▲ 男士比較方便的是十二點半開始到一點半為止的這段時間。

5

解答：3

▲ 男士現在在的地方是車站。接著要從車站前的五號公車站牌搭公車，在一個叫做青空郵局的公車站下車，和女士見面。不過，因為提到「駅の近くにパン屋があるので、おいしいパンを買っていきますね（電車站附近有麵包店，我會買好吃的麵包帶過去的喔）」，所以在搭公車之前會先去麵包店。

6

解答：1

▲ 男士為了禦寒，上面會「着る（穿著）」某樣東西。選項當中，只有外套可以使用「着る」這個動詞。如果是「マスク（口罩）」，大多會用「マスクをする（戴口罩）」這個説法。其他也有人會説「マスクをつける（戴口罩）」。帽子只有「帽子をかぶる（戴帽子）」的説法。手套會説「手袋をする（戴手套）」或是「手袋をはめる（戴手套）」。

7

解答：4

▲ 關於「10 個入っているの（十顆包裝的）」，提到了「それだけじゃ少ない（單這樣不夠）」，而對於「6 個入っているの（六顆包裝的）」，也説了「お願いします（麻煩了）」，所以是十入裝的和六入裝的各買一盒。

問題 2

P133-136

例

解答：2

▲ 因為男士説「これから会社の近くの駅で

家族と会って、それから～（我等下要去公司附近的車站和家人會合，然後…）」，所以首先去的地方是「会社の近くの駅（公司附近的車站）」。男士的父親生日、去餐廳、買點心當作禮物等，都和答案沒有關係。

1

解答：1

▲ 請用刪除法找出正確答案。因為有「あまり大きくありません（體型不太大）」，所以刪除選項 2 和 3。其次提到了「右の耳と右の足が黒くて、ほかは白いねこです（小貓的右耳和右腳是黑的、其他部位是白色）」，所以正確解答是 1。

2

解答：2

▲ 男士想去海邊的理由是「おいしい魚が食べたいから（因為我想吃美味的鮮魚）」。

3

解答：1

▲ 請用刪除法找出正確答案。首先因為他是「白いシャツを着ている人（穿著白襯衫的那個人）」，所以刪掉選項 3 和 4。其次，因為提到「眼鏡はかけていません（沒戴眼鏡）」，所以刪掉選項 2 後，只剩下選項 1。再加上提到「本を持っています（拿著書）」，所以可以確認答案是 1。

4

解答：2

▲ 因為有「毎日、教室に行くのですか（每天都去教室上課嗎）」和「火曜日の午後だけです（只有星期二下午而已）」，所以正確解答是 2。

5

解答：3

▲ 因為提到「午後は出かけました（下午出門了）」、「どこに行ったのですか（妳去哪裡了呢）」、「家の近くの喫茶店（到家附近的咖啡廳）」，所以正確解答是 3。

6

解答：3

▲「大きい（大的）」的右上方有一點，讀作「いぬ（犬）」的字是 3。

問題3　　　　　　　　　　P137-140

例　　　　　　　　　　　解答：3

▲ 早晨的問候語應該是「おはよう／おはようございます（早安）」。

《其他選項》

▲ 選項1　這是外出時的問候語。

▲ 選項2　這是中午至日落之間，遇到人時的問候語。

1　　　　　　　　　　　　解答：1

▲ 適用於聽到感謝時的回答只有選項1而已。

《其他選項》

▲ 選項2　不論在任何情況之下，都不會講這句話。

▲ 選項3　這個問的是對方的想法。

2　　　　　　　　　　　　解答：1

▲ 適用於夜間的問候語只有選項1而已。

《其他選項》

▲ 選項2　這是用於中午至日落之間的問候語。

▲ 選項3　這是用於接下來要做什麼事時，事先打個招呼的致意語。比方要進入老師的辦公室時，或是要掛斷電話之前。

3　　　　　　　　　　　　解答：1

▲ 吃完東西之後的致意語是選項1。

《其他選項》

▲ 選項2　這是即將要開動時的致意語。

▲ 選項3　這是用來向人表示歉意。

4　　　　　　　　　　　　解答：1

▲ 在非對號入座的電影院或美食廣場，想要向附近座位上的人請問旁邊的空位有沒有人坐的時候，可以使用選項1或者「ここ、あいてますか（請問這裡沒人坐嗎）」。假如換成是自己被問到的時候，可以回答「はい、どうぞ（是的，請坐）」或「すみません、連れが来るんです（不好意思，等下還有同伴會過來）」。近來的電影院多數是全廳對號入座，但還是有一些電影院是非對號入座的。

《其他選項》

▲ 選項2　由於「いす（椅子）」不是人類，不能使用「だれ（誰）」的問法，因此這句話不論在任何情況下都是不合理的。假如問的是「このいすはだれのですか（請問這把椅子是誰的呢）」那麼就是正確的語句，但其語意是「請問這把椅子的擁有者／使用者是誰呢？」，而不是「請問現在有沒有人正在使用這把椅子呢？」，因此即使在語句中插入「の」，也不適用於這一題的情況。

▲ 選項3　這句話的文法雖然沒有錯誤，但很難想像會用在什麼樣的情況之下。

5　　　　　　　　　　　　解答：3

▲ 選項1、2、3的前半段同樣都有「映画を見（看電影）」，但是選項3的意思是一方面提出邀約，一方面將決定權交給對方，因此為最恰當的答案。

《其他選項》

▲ 選項1　「ましょうか（我們一起…吧）」可以用於早前已經約定好，而且確定對方有很大的機率會同意自己的提議等的情況。因此，比方之前已經約好朋友來家裡玩，打算「先吃飯，然後再看電影」，而現在剛吃完飯，這時候就可以說「さて、映画を見ましょうか（那麼，我們來看電影吧）」。

▲ 選項2　「ね（呀，呢，囉）」是用於略微強調自己的意見，或者叮嚀對方，亦或表示受到感動的情況。譬如，「1か月に20本？本当によく映画を見ますね（一個月看二十部？你還真常看電影呀）」或「休日には、よく映画を見ますね（我放假時經常看電影呢）」之類的情況。

例　　　　　　　　　　　　　　　　　解答：1

▲「お国（貴國）」的接頭語「お」屬於敬語的一種，因此指的是對方的「母國」。所以本題問的是對方來自什麼國家，答案應該以選項1的國名最為恰當。

《其他選項》

▲ 選項2　這是當例如被問到「太陽はどちらから昇りますか（太陽是從哪一邊升起的呢）」這樣的問題時所做的答覆。

▲ 選項3　「やって来る（來到）」和「来る（來）」的語意大致相仿。換言之，當說話者講出這句話時，其本人已經來到日本了。現在問的是他來自哪個國家，可是他卻回答自己來到哪個國家，顯然答非所問。

1　　　　　　　　　　　　　　　　　解答：2

▲ 題目問的是二選一，只有選項2回答了其中之一。

《其他選項》

▲ 選項1　由於「どちら（哪一種）」表示從中選出其一，因此不能用「はい／いいえ（是／不是）」來回答。

▲ 選項3　「どちらも（哪一種都）」的意思是「コーヒーと紅茶の両方とも（咖啡和紅茶兩種都）」，而「いいです」具有兩種意義，第一種是指「兩種都想要」，第二種是指「兩種都不要」，但無論是哪一種，都不太適合用於回答。如果要表示「哪一種都可以」，應該說「どちらでもいいです」，意思是「咖啡也可以，紅茶也可以」（其隱含之意是所以交由對方代為決定即可）。

2　　　　　　　　　　　　　　　　　解答：1

▲ 以答應對方央託的選項1最為恰當。

《其他選項》

▲ 選項2　這個說法語意曖昧，通常是「ありがとう（謝謝）」或「こんにちは（您好）」的替代用法。

▲ 選項3　這句話用於表示謝意。

3　　　　　　　　　　　　　　　　　解答：2

▲ 因為男士覺得女士的表情有點奇怪，問了她是怎麼回事，因此以說明情況的選項2為正確答案。

《其他選項》

▲ 選項1　由於「から（因為）」是當被問到「なぜ（為什麼）」或「どうして（為什麼）」等的時候，說明理由的用詞，因此與題目不符。

▲ 選項3　「困る（困擾）」是用於接受自己心意方式的問題，因此與題目不符。

4　　　　　　　　　　　　　　　　　解答：2

▲ 男士問的是車子可以搭載幾個人，因此以回答人數的選項2為正確答案。

《其他選項》

▲ 選項1　題目沒有問到車子的擁有人。

▲ 選項3　題目沒有問到搭車的順序。

5　　　　　　　　　　　　　　　　　解答：1

▲ 以建議「何時ごろ（幾點左右）」的選項1為正確答案。

《其他選項》

▲ 選項2　「ましょうか（我們一起…吧）」是表示對未來的疑問，而「出かけました（出門了）」是指過去的事。

▲ 選項3　題目沒有問到「だれと（跟誰）」。

6　　　　　　　　　　　　　　　　　解答：2

▲ 以回答「何回（幾趟）」的選項2為正確答案。乍看之下，雖然沒有呈現出「～回（…趟）」的形式，但「初めて（第一次）」是指以前未曾來過、這次是第一次，等於回答了對方的提問。

《其他選項》

▲ 選項1　題目沒有問到「いつ来たか（什麼時候來的呢）」。

|第5回| 言語知識（文字・語彙）

問題1　　　　　　　　　　　P142-143

例　　　　　　　　　　解答：**1**

▲ 像動詞、形容詞等有語尾活用變化的字，唸法通常是訓讀，「大きい（大的）」、「大きな」分別讀作「おおきい」、「おおきな」；「大」音讀則唸作「だい」，如「大学／だいがく（大學）」等。

1　　　　　　　　　　　解答：**3**

▲「散」與「歩」合起來，表示「散步」的意思，用音讀，唸作「さんぽ」。請特別注意，「歩」音讀是「ほ」，由於連濁的關係唸作「ぽ」（不是「ぼ」）。另外，「歩く（走路）」用訓讀，唸作「あるく」。請注意「歩」的寫法，比中文「步」多了一筆。

2　　　　　　　　　　　解答：**2**

▲「両」與「親」合起來，表示「父母」的意思，用音讀，唸作「りょうしん」。請留意，「両」音讀「りょう」是長音，發音同「りょお」，但必須寫成「りょう」。另外，「親」訓讀唸作「おや」，如「母親／ははおや（母親）」。

3　　　　　　　　　　　解答：**2**

▲ 除了「九つ（九個）」、「九日（九號）」用訓讀，分別唸作「ここのつ」、「ここのか」，其餘的「九」大都用音讀，唸作「きゅう」，如「9人／きゅうにん（九個人）」，或讀作「く」，如「9時／くじ（九點）」。

4　　　　　　　　　　　解答：**4**

▲「左」與「側」合起來，表示「左側」的意思，用訓讀，唸作「ひだりがわ」。

5　　　　　　　　　　　解答：**3**

▲「牛」與「乳」合起來，表示「牛奶」的意思，用音讀，唸作「ぎゅうにゅう」。請特別注意，「牛」跟「乳」都是拗音加長音，別把「ぎゅ」、「にゅ」記成「ぎゆ」、「にゆ」，或是漏掉後面的「う」囉。

6　　　　　　　　　　　解答：**4**

▲ 像形容詞等有語尾活用變化的字，唸法通常是訓讀，「赤い（紅的）」讀作「あかい」。

7　　　　　　　　　　　解答：**2**

▲「時」表示「…點」時，用音讀，唸作「じ」。「4」通常讀作「よん」或「し」，但「4時」一定要唸作「よじ」。另外，「時」訓讀讀作「とき」，表示「（…的）時候；時間」。請注意「時」的寫法，跟中文「時」不同，右上部要寫成「土」而不是「士」。

8　　　　　　　　　　　解答：**4**

▲ 像動詞等有語尾活用變化的字，唸法通常是訓讀，「待つ（等待）」讀作「まつ」。

9　　　　　　　　　　　解答：**2**

▲「横」當一個單字，用訓讀，唸作「よこ」。請注意「横」的寫法，跟中文「橫」略有不同。

10　　　　　　　　　　　解答：**3**

▲ 有語尾活用變化的字，唸法通常是訓讀，「楽しい（開心）」讀作「たのしい」。另外，「楽」音讀可以讀作「らく」或「がく」。

問題2　　　　　　　　　　　P144

例　　　　　　　　　　解答：**2**

▲「はな」是漢字「花」的訓讀，小心書寫「花」字時，上方草字頭的那一橫必須連起來。請注意，名詞「鼻（鼻子）」也用訓讀讀作「はな」。

11	解答：3

▲ 請留意，別把片假名「シ」跟「ツ」，或「ツ」跟「ン」搞混了。

12	解答：2

▲「さく」、「ぶん」分別是「作」、「文」兩字的音讀。這個單字「作文（作文，文章；寫文章）」，意思與中文大致相同，不過單就「文」而言，通常是指「句子」的意思。

13	解答：4

▲「あかるい」是形容詞「明るい（明亮的）」的訓讀。從字形大概能夠聯想字義，最好能與反義詞「くらい／暗い（暗的）」一起記。如果其他選項出現「朋」等相似漢字，請小心不要看錯。

14	解答：2

▲「かい」是漢字「階」的音讀。和中文用法不太一樣，可以跟「かいだん／階段（樓梯）」一起記，增加印象。「6」原本讀作「ろく」，但後接「かい」產生促音化，所以得改唸成「ろっ」。

15	解答：3

▲「おんな」是漢字「女」的訓讀。意思與中文相同，「女」音讀讀作「じょ」，如「じょせい／女性（女性）」。

16	解答：1

▲「つよい」是形容詞「強い（強大的）」的訓讀。意思與中文大致相同，最好能與反義詞「よわい／弱い（虛弱的）」一起記。

17	解答：4

▲「なか」是漢字「中」的訓讀。意思與中文相同，「中」音讀讀作「ちゅう」，如「ちゅうごくご／中国語（中文）」。

18	解答：2

▲「さかな」是漢字「魚」的訓讀。其他選項出現「漁」等相似漢字，請小心不要看錯。

例	解答：3

▲ 用「～に～がいます（…有…）」句型，表示某處存在某個有生命的人或動物。

19	解答：4

▲「おなかがすく」是「肚子餓」的意思。因此，由「おなかがすきました（肚子餓了）」可以對應到答案的「たべもの（吃的東西）」。又，如果後項是「のどがかわきました（口渴了）」，這時候答案就可以選「のみもの（喝的東西）」。

20	解答：1

▲「ので（因為）」表示理由。從前項的「あたまがいたい（頭很痛）」，可以推論出要去「びょういん（醫院）」。作答時，題目及選項都請看仔細，別誤選成選項2的「びよういん／美容院（美容院）」囉。

21	解答：3

▲「たばこをすう」是「抽煙」的意思。因此，空格應該要填入「すう（抽）」。句型「動詞＋名詞」表示用動詞修飾名詞，題目句用「たばこをすう」來修飾「ひと」，意指「抽菸的人」。

22	解答：1

▲「ぼうしをかぶる」是「戴帽子」的意思。因此，由「ぼうし（帽子）」可以對應到答案的「かぶります（戴）」。請多加留意，日語中表示「穿戴衣服配件、飾品等」時，會依不同目的語而搭配不同動詞。

23	解答：2

▲「かどをまがる」是「拐過轉角」的意思。因此，由「まがって（轉彎）」可以對應到答案的「かど（角落）」。

24	解答：4

▲ 日語中，表示「洗臉」動詞用「あらう」。

從前項的「みず（水）」跟「かお（臉）」，可以對應到答案的「あらいます（洗）」。

25　　　　　　　　　解答：1

▲「たいせつにする」是「珍惜」的意思。因此，由「友だら（朋友）」可以對應到答案的「たいせつに（珍惜）」。

26　　　　　　　　　解答：3

▲ 日語中，表示「升到…年級」會用「～ねんせいになる」。由「らいねん（明年）」可以知道題目句在説未來的事，所以推出答案是「なります（升為…）」。選項2「なりました」是過去式，因此不能選。另外，日本的學校是從每年四月開始新的學年。

27　　　　　　　　　解答：1

▲「かぜをひく」是「感冒」的意思。又，日語中，表示「吃藥」動詞用「のむ」。因此，由後項「くすりをのみました（吃了藥）」可以對應到答案的「かぜ（感冒）」。「ので（因為）」表示理由。另外，表示「染上疾病」的日語會用「びょうきになる」，所以選項2不能選。

28　　　　　　　　　解答：4

▲ 由插圖以及後項的「なかにはいってください（進來裡面）」，知道進入前得脱鞋，所以答案是「ぬいで（脱掉）」。另外，表示「穿鞋」動詞會用「はく」。

問題4　　　　　　　　P147-148

例　　　　　　　　　　解答：1

▲ 這一題的解題關鍵字「つまらなかった」，是「つまらない（無聊）」的過去式。選項中的「おもしろくなかった」，是「おもしろい（有趣）」的過去否定形，意思等於「つまらなかった」。

29　　　　　　　　　解答：4

▲ 日語中，「わたしは～きょうだいです」表示包含「わたし（我）」在內，「我家有…個兄弟姊妹」的意思。因此，題目句的「おとうとが二人（兩個弟弟）」跟「いもうとが一人（一個妹妹）」，可以對應到答案句的「4人きょうだい（四個兄弟姊妹）」。另外，題目句的換句話説也可以説成「わたしにはきょうだいが3人います（我有三個兄弟姊妹）」。

30　　　　　　　　　解答：3

▲「けさないでください（請不要關掉）」是解題關鍵，是「けす（關掉）」的否定形加「てください」，是「請不要關掉」的意思，可以對應到答案句的「つけていてください（請開著）」。「つけていてください」是「つける（打開）」加表示狀態持續的「ています（…著）」，再加上「てください（請…）」，是「請（保持某狀態）…」的意思。

31　　　　　　　　　解答：4

▲「むずかしくない（不艱深）」是解題關鍵，是「むずかしい（艱深）」的否定形，意思等於「やさしい（簡單）」。

32　　　　　　　　　解答：2

▲ 句型「あまり～ない」是「不太…」的意思。題目句的「あまりいそがしくない（不太忙）」，可以對應到答案句的「ひま（閒暇）」。

33　　　　　　　　　解答：1

▲「二日まえ（兩天前）」是解題關鍵字，意思等於「おととい（前天）」。

第5回 言語知識（文法）

問題1　　　　　　　　P149-151

例　　　　　　　　　　解答：1

▲ 用「～は～です（…是…）」表示對主題（説話者與聽話者皆知道的話題）的斷定或説明。

1 　解答：2

▲ 題目句可以拆解成①「これはケーキです（這是蛋糕）」與②「これは妹（　）作りました（這是妹妹〈　〉做了的）」二句。②用了句型「～は～が」，其中的「は」點出句子主題，而「が」則表示後項陳述的主語。又，動詞普通形可以直接修飾名詞，「妹が作った（妹妹做了的）」可以用以修飾「ケーキ（蛋糕）」，如此一來，①、②便可以合併成題目句。另外，這一句可以用「の」代替「が」。

2 　解答：1

▲ 用句型「あまり＋否定」，表示程度不特別高，數量不特別多，中文可以翻譯成「不太…」。由「あまり」可以對應到答案。其他選項後面如果不是接「ふります（下〈雪等〉）」，語意就會不通順。

3 　解答：4

▲ 以「動詞ます形＋かた」的形式，表示方法、手段、程度跟情況，中文可以翻譯成「…法」。答案是「作る（做）」ます形的選項4。

4 　解答：3

▲ 以「名詞に＋なります（變成）」的形式，表示在無意識中，事態本身產生的自然變化，這種變化並不是人是有意圖性的；即使變化是人是造成的，如果重點不在「誰改變的」，也可以用這個文法。考慮到「青（綠燈）」與「なりました」的關係，可以對應到答案。

5 　解答：3

▲ 用句型「～も～も」，表示同性質的東西並列或列舉，是「…也…也」的意思。由前面的「りんごも（蘋果也）」，可以對應到答案。

6 　解答：3

▲「とめました（攔了下來）」是他動詞，由於「タクシー（計程車）」是「とめました」的目的語，因此必須搭配「を」。「タクシーをとめる」表示「停止」的這個人是動作，直接作用在「計程車」上，中文可以翻譯成「把計程車攔下來」。

7 　解答：2

▲「だけ」表示限於某範圍，除此以外別無他者，是「只、僅僅」的意思。如果空格填入「ずつ（各…）」、「など（…等等）」及「から（從…）」，意思不合邏輯，所以答案是2。

8 　解答：1

▲「動詞ながら」表示同一主體同時進行兩個動作，中文可以翻譯成「一邊…一邊…」，這時動詞必須用「ます形」，所以答案是1。

9 　解答：4

▲「～から～まで（從…到…）」可以表示距離的範圍，「から（從…）」前面的名詞是起點，「まで（到…）」前面的名詞是終點。由前面的「ここから（從這裡）」，可以對應到答案。

10 　解答：3

▲ 用句型「疑問詞＋も＋否定」，表示全面否定，中文可以翻譯成「都（不）…」。由後面「いませんでした（當時不在）」，可以解出答案。

11 　解答：1

▲「から」表示原因、理由，是「因是…」的意思。一般用在說話人出於個人主觀理由，是種較強烈的意志性表達。由用在問理由的「なぜ（為什麼）」，可以對應到答案。

12 　解答：2

▲「いくら」表示詢問數量、程度、價格、工資、時間、距離等的疑問詞，是「多少」的意思。由B句的「２千円（兩千日圓）」，可以對應到答案。

13　　解答：4

▲ 表示從某人那裡得到東西，用格助詞「から」，前面接某人（起點），是「由…」的意思。「あなたへのプレゼント（送給你的禮物）」的「へ」，表示接收動作或事物的對象（到達點），是「給…」的意思，可以對應到答案。

14　　解答：2

▲「動詞まえに（…之前）」表示動作的順序，也就是做前項動作之前，先做後項的動作。這時，「まえに」前面的動詞必須用「動詞辭書形」。

15　　解答：1

▲「が」前接對象，表示好惡、需要及想要得到的對象。考慮到「あまいもの（甜食）」與「すき（喜歡）」的關係，可以對應到答案。

16　　解答：4

▲「～が～（但…）」表示逆接，用在連接兩個對立的事物，前句跟後句內容是相對立的。由前項的「います（有…）」與後項的「いません（沒有…）」，可以知道要用逆接。

問題2　　P152-153

問題例　　解答：1

※ 正確語順

A「こうばんは　どこですか。」

▲ 由 B 的回答，知道 A 在問某事物的位置，表示「…在哪裡？」用「～はどこですか」的句型，所以推出★處應該要填入「どこ」。

17　　解答：4

※ 正確語順

B「日本の　たべもので　わたしが　すきなのは　てんぷらです。」

▲ 選項1、4是助詞，一定會附接在其他語詞之後，因此先思考選項2、3會放入哪一格。選項3後面只可能接選項2，如果將第一、二格依序填入選項3、2，則可能的語順排序是3214或3241，語意通順的是後者，因此★處是「の（的）」。這邊的「の」是準體助詞，代替的是前項的「日本のたべもの（日本的食物）」。而「は」後面的「てんぷら（天婦羅）」，是句中被強調的部分。

18　　解答：2

※ 正確語順

夕ご飯は　おふろに　入ったあとで　食べます。

▲「洗澡」日語用「おふろに入る」，這一時的「に」是格助詞，表示動作移動的到達點。又，由句型「動詞た形＋あとで（…之後…）」推測出「あとで」放第四格，因此★處是2。

19　　解答：2

※ 正確語順

学生「朝、あたまが　いたく　なったからです。」

▲ 日語中，「あたまがいたい」是「頭痛」的意思。又，形容詞詞尾的「い」變成「く」，後面再接上「なります（變得…）」，表示事物本身產生的自然變化。因此，推出空格正確語順是「あたまがいたくなった（頭痛了）」，知道★處是2。

※ 正確語順

> しゅくだいを　してから　あそびます。

▲「做功課」日語用「しゅくだいをする」，這時的「しゅくだい（功課）」是目的語，是「する（做）」動作所涉及的對象。又，以「動詞て形＋から（先做…，然後再做…）」的形式，結合兩個句子，表示動作順序，強調先做前項再進行後項。因此，推出空格正確語順是「しゅくだいをしてから（先做功課，然後再做…）」，知道★處是1。

21 　　　　　　　　　解答：1

※ 正確語順

> A「うちの　ねこは　一日中（いちにちじゅう）　ねて　いますよ。」

▲ 句型「動詞＋ています（都…）」，表示有從事某行為動作的習慣。因此，可以推出第三、四格分別是「ねて（睡覺…）」、「います（都…）」，知道★處是2。再確認其他選項，「うちの（我家的）」後接選項2時句意不通順，因此要接選項4，而選項2則跟著接於其後。

問題 3 　　　　　　　　　P154

22 　　　　　　　　　解答：1

▲ 從「会社（公司）」和「つとめる（上班）」來推測，以表示對象的「に」為正確答案。

23 　　　　　　　　　解答：2

▲ 選項全部都是形容詞。首先，從能不能修飾空格後面的「服（衣服）」來選出答案。選項1不可能；選項2可能；選項3雖然有點奇怪，但好像也不是完全不可能；選項4不可能。綜上所述，以選項2的可能性最高。為求慎重起見，再確認其前後文，

發現其前方寫著「よいデザインで（好的設計）」，而後面則有關於「作る（製作）」的詞句。由於文章的題目是「しょうらいのわたし（將來的我）」，由此得知作者描述的是「わたし（我）」未來想要製作這樣的衣服。如此一來，果然還是以選項2為最適切的答案。

24 　　　　　　　　　解答：4

▲ 如同第23題所推理的一樣，既然文章的題目是「しょうらいのわたし（將來的我）」，應該是以呈現出「作る（製作）」並加上了表示期望的「たい（想要…）」選項4為正確答案。

25 　　　　　　　　　解答：3

▲ 在空格前面提到的是在「日本の会社で（在日本公司）」工作的事，而在空格後面則是「国に帰って、国の会社で（回國，在國內的公司）」工作的事，所以，表示時間前後順序的選項3為正確答案。

26 　　　　　　　　　解答：2

▲ 因為「ぼく（我）」是「帰る（回去）」的主詞，因此可能的選項為1和2。

　①ぼくは国に帰ります（我要回國。）

　②ぼくが国に帰ります（我非回國不可。）

▲ 這兩句話的文法都是正確的，但語意略有不同。通常用的是①。②指說話人特別強調要回國的「不是別人，就是我本人」，因此一般較少使用。不過在這裡，由於他的父母和兄弟姊妹還在祖國等著他回去，因此他必須強調要回國的「不是別人，就是我本人」，所以選項2為正確答案，而不能使用選項1。另外，「は」和「が」運用上的區別，即使對程度很好的人也很困難，所以就算現在還不太懂，也不需要感到沮喪。

第5回｜読解

問題4　　　　　　　　　　P155-157

27　　　　　　　　　　解答：1

▲ (1) 的文章是由三句話所組合而成的。

第一句：昨天超級市場裡有賣蕃茄

第二句：作者在那裡買了蕃茄

第三句：之後，他在蔬果店發現了更便宜的蕃茄

▲ 題目問的是「買いましたか（買了嗎）」，而敘述了購買過程的是第二句。在第二句中，雖然沒有寫到「どこで（在什麼地方）」和「いくらで（用多少錢）」，但由於第二句是第一句話的延伸，因此只要對照第一句和所有選項，就可以找到答案了。

28　　　　　　　　　　解答：1

▲ 在看報紙的爺爺，只有選項1符合條件。

29　　　　　　　　　　解答：3

▲ 由於題目問的是「何を買いますか（買什麼東西呢）」，在文章中尋找關於購買的語句時，發現在第二段裡寫著「白いシャツを～買っておいてください（請先至…購買白襯衫）」。

問題5　　　　　　　　　　P158

30　　　　　　　　　　解答：4

▲ 由於題目問的是「はじめに（最先）」，在文章中尋找相關的部分時，發現在第二段裡有「すぐ（立刻）」。而接下來的部分和選項4完全一樣，該選哪一項應該毫無疑問吧。

31　　　　　　　　　　解答：3

▲ 在文章的最後提到「わたしはそのねこのしゃしんをとりました（我拍了那隻貓咪的照片）」。那一隻就是在「ホテルの門の前で（在旅館的門前）」睡覺的貓。

問題6　　　　　　　　　　P159

32　　　　　　　　　　解答：2

▲ 首先，要選的是「乗り換えの回数が少なく（轉乘次數最少）」，但由於並沒有可以不換乘就到達的方式，因此先尋找只要換一次就可以到達的途徑，於是篩選出②和④。接著，再搜尋時間較短的前往方式，篩選出①和②。因此，同時符合上述兩項條件的就是②了。

第5回｜聴解

問題1　　　　　　　　　　P160-164

例　　　　　　　　　　解答：3

▲ 老師提議浣熊那區「いっしょに行きませんか（要不要一起去呢）」，學生也贊同，所以之後去看的動物是浣熊。

1　　　　　　　　　　解答：4

▲ 由「僕は、～ケーキにします（我…要點蛋糕）」，可以知道答案是4。

2　　　　　　　　　　解答：4

▲ 男士想去見山田老師。而山田老師現在「B組の教室にいます（在B班的教室）」。但是因為現在是上課時間，不能打擾他，所以只能斟酌一下在下課時間，再去見他。

3　　　　　　　　　　解答：3

▲ 請用刪除法找出正確答案。因為提到「絵がついていない、白いかばん（上面沒有圖案，白色的提包）」，所以只有選項3、4符合。接著，因為提到「大きいので（因為容量很大）」，所以小的選項4也刪掉。

4　　　　　　　　　　解答：4

▲ 選項全是男留學生想在暑假去做的事。不過因為提到「宿題をやってから遊ぶつも

り（我打算先做完作業後再去玩）」，所以首先要做的事是做作業。

5
解答：3

▲ 請用刪除法找出正確答案。首先，大隻狗不行，接著小隻狗也不要，提到貓的時候，說了「かわいい（可愛）」，所以貓的選項先保留。提到鳥時，說「いえ（不用了）」拒絕了，然後又說「あっちに決めました（我已經決定要那一隻了）」，所以最後決定選擇買貓。

6
解答：4

▲ 因為說了「晚ご飯の前に、おふろのほうがいいです（我想在吃晚飯前先洗澡）」，所以是洗澡之後才吃晚餐，答案是4。選項1錯在把房間弄暖的是女士。至於選項2，男士要不要喝咖啡，對話中並沒有陳述。

7
解答：4

▲ 因為提到「パンを買って、部屋で食べたいです（想買麵包帶回房間裡吃）」，所以正確解答是4。

問題2　　　　　　　　　　　　　P165-168

例
解答：2

▲ 因為男士說「これから会社の近くの駅で家族と会って、それから～（我等下要去公司附近的車站和家人會合，然後…）」，所以首先去的地方是「会社の近くの駅（公司附近的車站）」。男士的父親生日、去餐廳、買點心當作禮物等，都和答案沒有關係。

1
解答：2

▲ 女士說了「6月ごろは雨が多い（六月左右經常下雨）」，這就叫做「つゆ（梅雨）」。並非雨下得多就叫「つゆ」，它是「6月ごろ降る雨の名前（在六月左右下的雨才叫這個名稱）」。

※「つゆ（梅雨）」，指的是約在6月左右，因

春夏交替冷熱空氣交鋒，使它形成持續天陰有雨的氣候現象。這時是梅子黃熟季節，所以又稱黃梅天。也由於這期間空氣長期潮濕，物品容易發霉，所以又稱霉雨。

2
解答：2

▲ 女士明確的說了「家族だけの静かな結婚式がしたい（我只想要家人在場觀禮的安靜婚禮）」。

3
解答：3

▲ 男士提到「今、雨が降っている（現在正在下雨）」。雖然接著之後，下雪的可能性很高，不過問題問的是「今（現在）」。

4
解答：4

▲ 一瓶一千五百日圓的酒，兩瓶就是三千日圓。其他還有麵包、火腿和蛋合計為兩千五百日圓，所以全部加起來是五千五百日圓。

5
解答：1

▲ 因為女學生說「いつもこのバスで帰るんですか（你平常都是搭這條路線的巴士回家嗎）」，所以兩人現在應該是在公車裡，或是公車站。雖然兩人平常都是利用其他不同的交通工具上下學，不過今天是搭公車回家。

6
解答：2

▲ 之前賣兩千八百日圓的傘，現在賣兩千五百日圓。不過，並不是女士喜歡的顏色。店員似乎希望能早點賣掉這把傘，所以說要再降價兩百日圓給女士，要她買下。而女士也決定要買那把傘，所以是兩千五百減兩百，等於花了兩千三百日圓。

問題3　　　　　　　　　　　　　P169-172

例
解答：3

▲ 早晨的問候語應該是「おはよう／おはようございます（早安）」。

《其他選項》

▲ 選項 1　這是外出時的問候語。

▲ 選項 2　這是中午至日落之間，遇到人時的問候語。

1　　　　　　　　　　　　　　解答：**1**

▲ 以選項 1 首先用「すみませんが（不好意思）」作開場，接著再以「動詞てくださいませんか（能不能請您…）」很有禮貌地央託的方式最為恰當。

《其他選項》

▲ 選項 2　「取りませんか（不拿嗎）」的語意裡沒有央託的意思。

▲ 選項 3　「あれを取ってください（請拿那個）」在這個情況下是正確的用法，但是前面的「大丈夫ですが（我沒問題）」語意不明，因此選項 3 的整段話不論在任何情況下都無法使用。

2　　　　　　　　　　　　　　解答：**2**

▲ 從老師或上司的辦公室裡告退的時候，通常要説「失礼しました（報告完畢）」或者「失礼します（先告退了）」。兩種用法都可以，但在學校裡用前一種的比較多。

《其他選項》

▲ 選項 1　這是早上用的問候語。

▲ 選項 3　這是就寢時的致意語。

3　　　　　　　　　　　　　　解答：**3**

▲ 對於遲到表示歉意的只有選項 3 而已。

《其他選項》

▲ 選項 1　這個是藉口。雖然在對話中與上文吻合，但用在現實社會中並不恰當。

▲ 選項 2　這是當不確定自己是不是已經遲到的時候的疑問句。身為上班族，應該要充分做好時間管理，因此這個回答也不恰當。

4　　　　　　　　　　　　　　解答：**1**

▲ 央託對方「麻煩借給我」的只有選項 1 而已。「動詞てくださいませんか（能不能請

您…）」是有事央託時的禮貌用法。

《其他選項》

▲ 選項 2　這句話的意思變成出借的是我，而借用的是對方。

▲ 選項 3　這句話同樣是建議由我出借給對方的意思。

5　　　　　　　　　　　　　　解答：**2**

▲ 以向店員明確傳達想購買商品的選項 2 為正確答案。

《其他選項》

▲ 選項 1　由於「でも（之類的）」表示還有其他的可能性，因此無法清楚界定想要的究竟是什麼東西。此外，「でも」具有對前面的名詞給予較低評價的作用，可以用在原本想買其他種類的麵包，但是今天已經賣完了，在不得已之下，只好買別種來代替的情況。

▲ 選項 3　這個是對菠蘿麵包味道的普通感想，並沒有敘述現在想要買什麼東西。

問題 4　　　　　　　　　　　　　P173

例　　　　　　　　　　　　　　解答：**1**

▲「お国（貴國）」的接頭語「お」屬於敬語的一種，因此指的是對方的「母國」。所以本題問的是對方來自什麼國家，答案應該以選項 1 的國名最為恰當。

《其他選項》

▲ 選項 2　這是當例如被問到「太陽はどちらから昇りますか（太陽是從哪一邊升起的呢）」這樣的問題時所做的答覆。

▲ 選項 3　「やって来る（來到）」和「来る（來）」的語意大致相仿。換言之，當説話者講出這句話時，其本人已經來到日本了。現在問的是他來自哪個國家，可是他卻回答自己來到哪個國家，顯然答非所問。

解答：1

▲ 由於問的是「いつ（什麼時候）」，因此以回答特定日期的選項 1 為正確答案。

《其他選項》

▲ 選項 2　題目沒有問到年齡。

▲ 選項 3　這句話雖然可以用在很多情況下，但是不適用於此處。

2

解答：2

▲ 由於問的是「いくら（多少錢）」，因此以回答價格的選項 2 為正確答案。

《其他選項》

▲ 選項 1　題目沒有問到花的名稱或種類。

▲ 選項 3　題目沒有問到是哪一個季節的花。

3

解答：1

▲ 由於題目問的是「ありますか（有嗎）」，因此基本上要回答有還是沒有，但有時候會省略「はい、あります（嗯，有的）」而直接具體敘述是什麼樣的東西，這樣已是針對問題回答了「ある（有的）」，因此可以採用選項 1 這樣的回答。

《其他選項》

▲ 選項 2　就算回答喜歡吃的食物，對詢問「きらいな食べ物（討厭的食物）」的對方來說，仍是個沒有用的情報。

▲ 選項 3　由於問的是「食べ物（食物）」，因此回答「スポーツ（運動）」是答非所問。

4

解答：3

▲ 由於對方問的是「どうでしょう（好看嗎）」，亦即有什麼樣的感覺或意見，雖然回答可能有很多種，但此處只有選項 3 符合文意。

《其他選項》

▲ 選項 1　對方沒有問到價格。假如問的是「この洋服、いくらだと思いますか（你猜這件洋裝多少錢呢）」，那就可以採用這個答法。

▲ 選項 2　對方問的不是衣服的種類或顏色。

5

解答：1

▲ 以回答喜不喜歡的選項 1 為正確答案。雖然「好きなほうです（還算喜歡）」不如「好きです（我喜歡）」來得斬釘截鐵，但相較於一般人來說，算是比較喜歡的族群。

《其他選項》

▲ 選項 2　對方問的是「喜不喜歡」，而不是「去過了沒」。

▲ 選項 3　同樣的，對方問的不是「有沒有」。

6

解答：3

▲ 確切回答了「どんなところ（是個什麼樣的地方）」的提問的只有選項 3 而已。

《其他選項》

▲ 選項 1　假如這個選項以具體的舉例回答，比方「魚がおいしいところです（是魚鮮美好吃的地方）」，那麼這樣的回答還算勉強可以。但是，這個回答仍然不足以完整陳述那是個什麼樣的地方。

▲ 選項 2　這個選項答非所問。

第 6 回 │ 言語知識（文字・語彙）

問題 1

P174-175

例

解答：1

▲ 像動詞、形容詞等有語尾活用變化的字，唸法通常是訓讀，「大きい（大的）」、「大きな」分別讀作「おおきい」、「おおきな」；「大」音讀則唸作「だい」，如「大学／だいがく（大學）」等。

1

解答：3

▲ 像形容詞等有語尾活用變化的字，唸法通常是訓讀，「丸い（圓形）」讀作「まるい」。

2

解答：1

▲「番」與「号」合起來，表示「號碼」的意思，用音讀，唸作「ばんごう」。

3 解答：**2**

▲「庭（庭院）」當一個單字，用訓讀，唸作「にわ」。音讀讀作「てい」，如「家庭／かてい（家庭）」。

4 解答：**4**

▲像動詞等有語尾活用變化的字，唸法通常是訓讀，「習う（學習）」讀作「ならう」。音讀讀作「しゅう」，如「予習／よしゅう（預習）」。

5 解答：**3**

▲「今（現在）」訓讀是「いま」，音讀通常唸作「こん」；「朝（早上）」訓讀是「あさ」，音讀是「ちょう」。但請注意，「今朝（今天早上）」二字組合是特殊唸法，必須讀作「けさ」。

6 解答：**4**

▲有語尾活用變化的字，唸法通常是訓讀，「小さい（小的）」讀作「ちいさい」。音讀讀作「しょう」，如「小学生／しょうがくせい（小學生）」。

7 解答：**2**

▲有語尾活用變化的字，唸法通常是訓讀，「遠い（遠的）」讀作「とおい」。

8 解答：**1**

▲「九（9）」除了「九つ／ここのつ（九個）」、「九日／ここのか（九號）」用訓讀，其餘的大都用音讀，唸作「きゅう」，而「階（樓）」音讀是「かい」。請特別留意，「九」另一個音讀是「く」，通常在「9時／くじ（九點）」或「9月／くがつ（九月）」，才會這樣唸。

9 解答：**2**

▲「塩（鹽）」當一個單字，用訓讀，唸作「しお」。

10 解答：**3**

▲「再」、「来」、「年」三字組合起來，用音讀，唸作「さらいねん（後年）」。「再」音讀通常讀作「さい」，但出現於「再来月／さらいげつ（下下個月）」、「再来週／さらいしゅう（下下週）」等的「再」，都得唸作「さ」，不唸作「さい」。

問題2 P176

例 解答：**2**

▲「はな」是漢字「花（花朵）」的訓讀，小心書寫「花」字時，上方草字頭的那一橫必須連起來。請注意，名詞「鼻（鼻子）」也用訓讀讀作「はな」。

11 解答：**3**

▲「つめたい」是形容詞「冷たい（冷的）」的訓讀。其他選項可能出現「泠」、「令」等相似漢字，別粗心看錯了。「冷」意思與中文相近，音讀讀作「れい」，如「れいぞうこ／冷蔵庫（冰箱）」。

12 解答：**2**

▲「ゆう」、「めい」分別是「有」、「名」兩字的音讀，合起來是「有名（知名）」。意思與中文相同。「名」訓讀讀作「な」，如「なまえ／名前（名字）」。

13 解答：**4**

▲注意長音的片假名表記「ー」的位置，以及半濁音記號是在右上角打圈，而不是點點。另外，請小心別把片假名「ツ」跟「シ」、「ン」搞混囉。

14 解答：**2**

▲「さけ」是漢字「酒（酒）」的訓讀。單字意思與中文相同，但背單字時要小心別把假名「さ」跟「き」，或「け」跟「は」搞混了。

15　解答：3

▲「ふゆ」是漢字「冬（冬天）」的訓讀。意思與中文相同，最好能與相關單字「はる／春（春天）」、「なつ／夏（夏天）」、「あき／秋（秋天）」一起記。

16　解答：1

▲「かお」是漢字「顔（臉）」的訓讀。請特別注意，這個單字用法與中文不太一樣，寫法也跟中文的「顔」不同。

17　解答：4

▲「かりる」是動詞「借りる（借入）」的訓讀。請特別注意，「借りる（借入）」和「貸す（借出）」漢字的訓讀讀音一樣，但意思相反，千萬別搞混了。

18　解答：2

▲「およぐ」是動詞「泳ぐ（游泳）」的訓讀。「泳」意思和中文相近，音讀讀作「えい」，如「すいえい／水泳（游泳）」。答題時請注意不要把「泳」跟「永」看錯囉。

問題3　　　　　　　　　　P177-178

例　解答：3

▲ 用「～に～がいます（…有…）」句型，表示某處存在某個有生命的人或動物。

19　解答：4

▲「はながさく」是「開花」的意思。因此，由「さきました（綻放了）」可以對應到答案的「はな（花朵）」。

20　解答：1

▲ 日語中，表示「搭乘（車、船、飛機等）」會用「交通工具＋に＋のる（搭乘）」。由後項「だいがくにいきます（去大學）」，推出前項是搭乘某樣交通工具，因此空格應該要填入「ちかてつ（地下鐵）」。

21　解答：2

▲ 日語中，表示「貼郵票」動詞用「はる（貼上）」。從「きって（郵票）」、「てがみ（信）」二字，推出答案是「はって（貼上）」。句型「動詞＋て（…然後）」可以表示動作一個接著一個，按照時間順序進行。

22　解答：1

▲ 日語中，「はじまる」跟「はじめる」雖然都表示「開始」的意思，但用法大不同。「はじまる」是自動詞，通常指非人為意圖發生的動作；而「はじめる」是他動詞，主要指人是的，影響力直接涉及其他事物的動作。題目句描述學校是在八點二十分（　），儘管決定這件事的是人，但已屬於個人意志難以改變、約定俗成的規範，因此空格應該要填入自動詞的「はじまります」。

23　解答：2

▲ 題目句描述班上的（　）才二十四歲，由「クラス（班上）」、「まだ（才）」可以對應到答案的「せんせい（老師）」。另外，選項1的「せいと」中文可以翻譯成「學生」，但主要用在國、高中生，所以如果空格填入「せいと」的話，和後面的「まだ」語意不合，因此不能選。

24　解答：4

▲ 題目句描述時間只剩下（　）了，由「じかん（時間）」可以對應到答案的「10分（十分鐘）」。句型「しか＋否定」是「只、僅僅」的意思。

25　解答：1

▲ 日語中，表示「（鳥、獸、蟲等）啼、鳴叫」動詞用「なく」。從「とり（鳥兒）」、「こえ（聲音）」二字，推出答案是「ないて（啼鳴）」。句型「動詞＋ています（正…）」可以表示動作進行中。

26 解答：**3**

▲「かぜがふく」是「颳風、吹風」的意思。因此，由前項「かぜ（風）」可以對應到答案的「ふいて（吹）」。句型「動詞＋ています（…著）」可以表示結果或狀態的持續。

27 解答：**1**

▲ 題目問的是量詞。在日語中，表示「えんぴつ（鉛筆）」等細長物的數量時，通常用「ほん（支）」。插圖中，盒子裡的鉛筆有五支，因此答案是「ごほん（五支）」。

28 解答：**2**

▲「ので（因為）」表示理由。從前項「とてもさむくなった（變得非常寒冷）」知道變得非常寒冷，因此推出後項是穿上了「あつい（厚的）」大衣。

問題4 P179-180

例 解答：**1**

▲ 這一題的解題關鍵字「つまらなかった」，是「つまらない（無聊）」的過去式。選項中的「おもしろくなかった」，是「おもしろい（有趣）」的過去否定形，意思等於「つまらなかった」。

29 解答：**4**

▲ 這一題的「おばさん（阿姨）」是解題關鍵，可以對應到答案句的「おかあさんのいもうと（媽媽的妹妹）」。請小心別把「おばさん」看成「おばあさん（奶奶；外婆）」囉。

30 解答：**3**

▲「どうして（為什麼）」與「なぜ（為什麼）」是同義詞，但後者較常使用在書面，口語上也可以使用，但語氣會有比使用「どうして」更加強硬的感覺。

31 解答：**4**

▲ 這一題的解題關鍵字是「ちかくない（不近）」，意思等於「とおい（很遠）」。

32 解答：**2**

▲ 日語中，表示「向（某人）學習（某事）」，用「～に～をならう」；表示「教導（某人某事）」，用「～に～をおしえる」。題目句的「ヤンさんはかわださんににほんごをならいました（楊小姐向川田先生學習了日文）」，換句話説就是「かわださんはヤンさんににほんごをおしえました（川田先生教了楊小姐日文）」。

33 解答：**3**

▲ 這一題的解題關鍵字是「りょうしん（雙親）」，可以對應到答案句的「おとうさんとおかあさん（父親和母親）」。

第6回 言語知識（文法）

問題1 P181-182

例 解答：**1**

▲ 用「～は～です（…是…）」表示對主題（説話者與聽話者皆知道的話題）的斷定或説明。

1 解答：**4**

▲「いくつ」通常表示某事物數量的疑問詞，也可以用在詢問人的年齡，是「幾歲」的意思。由B句的「17さい（十七歲）」，可以對應到答案。

2 解答：**3**

▲「ので（因為）」表示理由。由前項「とおい（遠的）」與後項「タクシーで行きましょう（搭計程車去吧）」的關係，可以解出答案。

3 解答：**3**

▲ 用句型「～や～など」，表示舉出幾項，但並未全部説完，中文可以翻譯成「…和…等等」。「など（等等）」用來強調這些尚未

説完的部分，常跟「や（和）」一起使用。由後面的「など」，可以對應到答案。

4　解答：1

▲ 用句型「疑問詞＋も＋否定」，表示全面否定，中文可以翻譯成「都（不）…」。由前面「だれも（誰都）」，可以解出答案。

5　解答：1

▲「かいました（買了）」是他動詞，前面的目的語必須搭配「を」。又，這邊的「の（的）」是準體助詞，代替的是前項的「自転車（自行車）」。

6　解答：4

▲ 用句型「～より～ほう（…比…更加）」，表示對兩件事物進行比較後，選擇後者。由後項的「ほうがいい（還是…的好）」，可以解出答案。

7　解答：1

▲ 以「動詞て形＋から（先做…，然後再做）」的形式，結合兩個句子，表示動作順序，強調先做前項再進行後項。由前項「そうじをして（打掃）」與後項「出かけます（出門）」的關係，可以解出答案。

8　解答：3

▲ 格助詞「で（因為）」可以表示原因、理由。又，如果空格填入「を」或「へ」，意思不合邏輯，而「ので（因為）」前接名詞時，必須用「名詞＋なので」的形式，所以答案是3。

9　解答：2

▲ 表示「かいもの（買東西）」是後項「行きます（去）」這個動作的目的，用格助詞「に」。

10　解答：4

▲ 當連接形容動詞與形容詞時，必須將前面的形容動詞詞尾「だ」改成「で」。因此，

連接「しずか（安靜）」、「ひろい（寬敞）」後，就是「しずかでひろい（安靜而且寬敞）」，表示屬性的並列。

11　解答：1

▲ 用句型「動詞たり、動詞たりします」，可以表示動作並列，意指從幾個動作之中，例舉出兩、三個有代表性的，並暗示還有其他的，中文可以翻譯成「又是…，又是…」。由後面「のんだり（又是喝）」，可以對應到答案。

12　解答：2

▲ 從Ａ的「どこかへ（去某個地方）」知道話題是場所，可以先排除選項4。用句型「疑問詞＋も＋否定」，表示全面否定，是「都（沒）…」的意思，由「行きませんでした（當時沒去）」，可以排除選項1。又，「疑問詞＋か」表示不明確、不肯定，但Ｂ的回答是斷定的，所以排除選項3後，可以解出答案。其中，「どこへも（哪裡都）」的「へ」表示行為的目的地。

13　解答：4

▲ 以「動詞否定形＋ないで」的形式，表示附帶的狀況，亦即同一個動作主體「在不…的狀態下，做…」的意思。由Ａ句的「赤い目をしていますね（眼睛是紅的哦）」，可以對應到答案。

14　解答：1

▲「いつ（什麼時候）」可以用在詢問時間，是「何時」的意思。由Ｂ句的「来年の３月（明年三月）」，可以對應到答案。

15　解答：3

▲ 格助詞「で（用）」可以表示動作的方法、手段。由「テレビ（電視）」與「ニュース（新聞）」的關係，可以解出答案。

16　解答：4

▲ 用「他動詞＋てあります（…著）」，表示

抱著某個目的、有意圖地去執行，當動作結束之後，已完成動作的結果持續到現在。由「ならべる（擺放）」是他動詞，可以對應到答案。其中，「おはしがならべてあります（擺有筷子）」暗指有人抱著某目的去做了「擺筷子」的動作。

問題2　　　　　　　　　　P183-184

問題例　　　　　　　　　　解答：**1**

※ 正確語順

> A「こうばんは　どこですか。」

▲ 由 B 的回答，知道 A 在問某事物的位置，表示「…在哪裡？」用「～はどこですか」的句型，所以推出★處應該要填入「どこ」。

17　　　　　　　　　　解答：**3**

※ 正確語順

> A「これは、なんと　いう　鳥(とり)ですか。」

▲ 用句型「という＋名詞（叫做）」，表示説明後項人事物的名稱。排列組合後得出「鳥というなん」及「なんという鳥（叫作什麼鳥）」，但後者句意才符合邏輯，因此知道★處是 3。

18　　　　　　　　　　解答：**4**

※ 正確語順

> B「しらないので、交番(こうばん)で　おまわりさんに　聞(き)いて　くださいませんか。」

▲ 由句型「てくださいませんか（能不能請您…）」，可以推出「ください（請）」、「聞いて（尋問）」正確順序是「聞いてください（請尋問）」，因此★處是 4。這個句型跟「てください（請…）」一樣表示請求，但説法更有禮貌。又，表示後項「聞いて」這個動作的對象，用格助詞「に（向）」。

19　　　　　　　　　　解答：**2**

※ 正確語順

> B「いいえ、3分(ぶん)ぐらい　おくれて　います。」

▲ 句型「動詞＋ています（已…了）」，可以表示結果或狀態的持續，所以本題表示「おくれて（慢了）」這個狀態仍持續到説話的當時。又，「ぐらい／くらい」接於時間後面，表示對某段時間長度的推測、估計，是「大概」的意思。因此，推出空格正確語順是「3分ぐらいおくれています（大概慢了三分鐘）」，知道★處是 2。

20　　　　　　　　　　解答：**3**

※ 正確語順

> B「春(はる)より　秋(あき)の　ほうが　すきです。」

▲ 用句型「～より～ほう（…比…更加）」，表示對兩件事物進行比較後，選擇後者。而本題的兩件事物，便是指「春（春天）」及「秋（秋天）」。因此，推出第一到第三格的正確語順是「より秋のほう（比起…，更…秋天）」，知道★處是 3。

21　　　　　　　　　　解答：**1**

※ 正確語順

> 店(みせ)の人(ひと)「これは　日本(にほん)には　ない　くだものです。」

▲ 格助詞「に」後接「は」，有特別提出格助詞前項名詞的作用。因此，可以推出「に」、「は」、「日本（日本）」正確順序是「日本には」。又，就上下句語意來看，「ない（沒有）」會接在「日本には」後面，表示「日本沒有的」。最後，可以推出★處是「に」。

22　　　　　　　　　　　　　　　　解答：**4**

▲ 可以接在「乗り方を（騎的方法）」後面使用的是選項 1 或 4。由整句的意思來看，就能鎖定是選項 4 了。

23　　　　　　　　　　　　　　　　解答：**1**

▲ 由「いっしょに（一起）」和前面「自転車（自行車）」的關係來考慮，可以知道空格應該要填入「と（和）」。

24　　　　　　　　　　　　　　　　解答：**3**

▲ 由於是在「なった（變成）」的前面，因此會用「形容動詞に＋なります（變得…）」的句型。

25　　　　　　　　　　　　　　　　解答：**2**

▲ 由於從文章中可以判斷「自転車で走る（踩著自行車往前跑）」和「うしろを向く（回頭看）」是同時進行的動作，因此選擇「動詞ながら（一面…一面…）」。「向く（朝向）」的難度超出 N5 等級，或許還不懂這個單詞的意思，但只要看到接在後面的「父は～いました（爸爸…了）」，應該就能夠推測出來是「往…的方向看」的意思了吧。

26　　　　　　　　　　　　　　　　解答：**3**

▲ 能夠接在「です」前面的只有選項 1 或 3 而已。由於整篇文章從頭到尾幾乎都是以「た形」來書寫的，從題目的「こわかったこと（害怕的事）」來推想，應該就可以找到答案了吧。

第 6 回　読解

27　　　　　　　　　　　　　　　　解答：**3**

▲ 從第一回到第五回的第 27 題，只要看和題目相關的部分，就可以找出答案了，但這一題必須逐一辨識出每一個選項的對錯才行，因此必須把整篇文章從頭到尾看過一遍。由於是最後一回了，因此題目的難度提高了一點。首先，在文章裡有提到「姉もわたしもふとっています（姊姊和我都很胖）」，因此選項 1 是正確的。其次，文章裡也提到了「わたしたちは同じ大学で（我們在同一所大學裡就讀）」，所以選項 2 也是正確的。接下來，因為文章中寫的是「姉は英語を、わたしは日本語をべんきょうしています（姊姊主修英文，我主修日文）」，因此選項 3 是錯的。最後，文章中寫著「姉は背が高くて、わたしは低いです（姊姊長得高，我長得矮）」，所以選項 4 是對的。必須留意的是，題目問的是「まちがっているのはどれですか（以下何者為非）」，因此必須挑選項 3 才行。

28　　　　　　　　　　　　　　　　解答：**4**

▲ 這一題必須使用刪除法。由於文章提到「みじかいズボンをはいて（穿著短褲）」，因此選項 1 和 2 被剔除了。又，文章裡寫著「ポケットがついた白いシャツをきて（有口袋的白色襯衫）」，因此答案是選項 4。為求慎重起見，由最後面提到的「ぼうしをかぶっています（戴著帽子）」，可以肯定是選項 4 無誤。此外，一般來説「くん」不會用在女性身上。

29　　　　　　　　　　　　　　　　解答：**3**

▲ 請先注意短文中出現的句型「動詞てください（請…）」，用來指示別人做某件事情，以及句型「動詞てくださいませんか（能不能請您…呢）」，用在委託別人做某件事情時，而在電子郵件的最後寫著「花田さん

に電話をしてください（打電話給花田同學）」，因此答案是選項 3。

問題 5　　　　　　　　　　　　P189

30　　　　　　　　　　　　解答：**3**

▲ 整篇文章寫的是關於「わたしの友だちのアリさん（我的朋友亞里小姐）」，而題目問的是她是「どんな人（什麼樣的人）」，因此不能只挑出重點段落找答案，而必須將每一個選項逐一與文章內容做對照才行。正確答案是選項 3，這第二段裡「アリさんは～友だち（亞里小姐…朋友）」的部分幾乎是相同的意思。至於選項 1，從第一段可以知道，亞里小姐還沒去大阪，也還沒有到公司上班。此外，從這裡也無法確定「わたし（我）」是否曾經在大阪的公司裡工作，因此這個選項是錯的。還有，從這篇文章裡也看不出來「わたし」是否讀過大學，所以選項 2 也是錯的。由第一段可以知道，「友だち」現在在東京讀大學，因此選項 4 也是錯的。

31　　　　　　　　　　　　解答：**2**

▲ 在最後一段裡提到，「わたしは～大阪の地図を買って、それをアリさんにプレゼントしました（我…買了大阪的地圖，送給了亞里小姐）」。

問題 6　　　　　　　　　　　　P190-191

32　　　　　　　　　　　　解答：**2**

▲ 回收通知單裡提到「1 階の入り口まで出してください（請擺到一樓的門口處）」，因此選項 2 是正確答案。把通知單上的「入り口まで（到門口）」，和選項 2 裡的「入り口に（門口處）」拿來做比較，前者的重點在於物件運搬的終點，而後者單純只是表明地點，雖然語意上有些微的不同，但就結果而言，沒有太大的差異。

第6回 | 聴解

問題 1　　　　　　　　　　　　P192-196

例　　　　　　　　　　　　解答：**3**

▲ 老師提議浣熊那區「いっしょに行きませんか（要不要一起去呢）」，學生也贊同，所以之後去看的動物是浣熊。

1　　　　　　　　　　　　解答：**1**

▲ 針對男士的喜好，首先，顏色方面他說「どれもいい色（每一條都是不錯的顏色）」。接著，因為提到「鍵の絵のはおもしろい（鑰匙圖案的蠻有意思的）」，所以考慮的是選項 1。男士唯一擔心的是那條領帶是否「青いシャツにも合う（適合搭在藍色襯衫上）」，後來因為店員保證「大丈夫ですよ（很適合喔）」，所以要買的是 1。

2　　　　　　　　　　　　解答：**3**

▲ 如果問題裡面出現了「はじめに（最先）」、「まず（首先）」等字眼，那麼之後詢問要去的地方、要做的事等，一定不只一件。這題就在考從對話中提到的地方中，選出第一個要去的地方。因為男士說「これから銀行に行くんです（現在要去銀行）」，所以要注意聽去銀行之前有沒有其他要先去的地方。因為男士提到「銀行に行く前にぼくが郵便局に行きますよ（我去銀行之前，先去郵局一趟吧）」，女士也提出「では、そうしてください（是哦？那麼麻煩你了）」的請求，所以最先去的地方是郵局。

3　　　　　　　　　　　　解答：**2**

▲ 內容提到「まり子は、テーブルに花をかざってください（真理子把花放到桌上做裝飾）」，所以正確解答是 2。

4　　　　　　　　　　　　解答：**4**

▲ 男士稍早在電車裡開始覺得身體不舒服，所以電車並不是他之後打算要選的交通工

303

具。又，男士不想走路，女士提議騎自行車也被他用「いえ（不行）」否決掉。因為最後男士提出「タクシーをよんでくださいませんか（可以麻煩妳幫我叫一輛計程車嗎）」的請求，所以是搭計程車前往。另外，日語的「顏色」跟中文「顏色」意思不同，是表示「臉色」的意思。這個單字對 N5 來說有點難，現在不記也沒關係。

5 解答：2

▲ 男士一直都在看書。不過，他答應要去買別人拜託他買的東西，所以「今から（接下來）」要做的事情是去買東西。買來的物品是水果。

6 解答：3

▲ 請用刪除法找出正確答案。不管是「壁にかける大きな時計（掛在牆上的大時鐘）」或是「机の上などに置く時計（擺在桌上等的時鐘）」的選項，都用「いえ（不是）」否定掉了，所以選項 1、2 不對。女士想要的是手錶。手錶有 3、4 這兩個選項，但是因為提到「数字が大きくてはっきりしているのがいい（想要買數字大、看得清楚的）」，所以符合需求的是 3。或許會不知道「腕（手腕）」是什麼，不過若能聽懂其他部分，就能導出答案。

7 解答：4

▲ 可以用的是「ボールペンか、万年筆（原子筆或鋼筆）」，顏色要是「黒か青（黑色或藍色）」。然後，男士決定要用「これ（這個）」來寫。對話倒數第二句的「これ」指的是「青のボールペン（藍色的原子筆）」。

問題2 P197-200

例 解答：2

▲ 因為男士說「これから会社の近くの駅で家族と会って、それから～（我等下要去公司附近的車站和家人會合，然後…）」，所以首先去的地方是「会社の近くの駅（公司附近

的車站）」。男士的父親生日、去餐廳、買點心當作禮物等，都和答案沒有關係。

1 解答：3

▲ 男士說在玄關要先脫鞋，接著要穿拖鞋，但是進到榻榻米房間時，穿著的那雙拖鞋也要脫掉。不過襪子「そのままでいい（不用脫沒有關係）」，也就是說，襪子穿著不用脫。

2 解答：2

▲ 男老師回答了「『さいふ』ですよ（是「錢包」喔）」，所以正確答案是 2。另外，「入れ物（裝…的東西，容器）」這個單字對 N5 來說有點難，現在不記也沒關係。

3 解答：2

▲ 因為提到「たばこを吸ってから、中でおすしをいただきます（先抽完菸，再進去裡面享用壽司）」，所以最先想做的事情是抽菸。

4 解答：4

▲ 請用刪除法找出正確答案。因為是女生，所以選項 1 和 3 可以刪除。其次的條件是沒有戴眼鏡，身高高的人，所以答案是 4。

5 解答：3

▲ 明確提到了「去年の秋に子どもが生まれました（去年秋天生小孩了）」這個解答。

6 解答：3

▲ 在女士說了「違うお店に行きましょう（我們還是去別家餐廳吧）」後，男士詢問了理由，女士則回答「ネクタイをしめていない人は、あの店に入ることができないのです（因為沒繫領帶的客人不能進去那家餐廳吃飯）」，男士接著說「では、駅の近くの食堂に行きましょう（那麼，我們到車站附近的餐館吧）」。由男士的回應可以知道他理解女士的考量，也可推出男士現在沒有繫領帶。

例　　　　　　　　　　　　　　　　　解答：3

▲ 早晨的問候語應該是「おはよう／おはようございます（早安）」。

《其他選項》

▲ 選項1　這是外出時的問候語。

▲ 選項2　這是中午至日落之間，遇到人時的問候語。

1　　　　　　　　　　　　　　　　　解答：1

▲ 以請對方把剛才的話再說一次的選項1最為適切。

《其他選項》

▲ 選項2　「もしもし（喂）」最普遍的用法是在打電話接通後最先說的發語詞，但其根本的作用是在引起對方的注意，因此在面對面說話時也會使用到。例如，在路上對不認識的人說「もしもし、ハンカチ落としましたよ（這位先生／小姐，你的手帕掉了喔）」。但是，像本題這樣，對於已經注意到自己正在說話的人，就算再說一次「もしもし」，也無法讓對方了解到我方「聽不太懂你的意思，但是我想知道你在說什麼，所以請你重新講一遍」的用意。

▲ 選項3　這個回答與聽不清楚的前提相互矛盾。

2　　　　　　　　　　　　　　　　　解答：2

▲ 因為已經用餐完畢了，原本以為順理成章回答的是「ごちそうさまでした（我吃飽了）」，但是本題找不到這個選項。於是這時應該注意到題目的設定是，剛才享用的是「おいしい料理（美味的飯菜）」，因此以陳述對料理味道感想的選項2最為適切。

《其他選項》

▲ 選項1　這句話適用的情況是比方只有十五分鐘可以用來做飯，或是冰箱裡沒有太多食材，結果卻做出了美味的料理，這時候就可以用「よくできましたね（做得真好啊）」予以讚美。

▲ 選項3　請留意這個選項並不是「ごちそうさまでした（吃飽了）」，請千萬別沒看清楚就誤選了。況且也幾乎很難想像會在什麼樣的情況下使用這句話。

3　　　　　　　　　　　　　　　　　解答：3

▲ 在搭巴士前想先問清楚的事有好幾種，但此處只有選項3明確描述了想問的事，因此是正確答案。

《其他選項》

▲ 選項1　單是這句話，對方不知道你想問什麼，前面應該再補一句話，那就說得通了。例如，「山下駅行きは、このバスですか（請問開往山下車站的是這輛巴士嗎）」。

▲ 選項2　山下車站在哪裡，和搭巴士這件事本身沒有直接的關係。

4　　　　　　　　　　　　　　　　　解答：2

▲ 以詢問肉的「焼き方」的選項2最為適切。

《其他選項》

▲ 選項1　服務生不應該會詢問顧客這句話，換成是顧客問的，那就有可能。

▲ 選項3　假如是對還沒有決定餐點的顧客提供建議，那麼這句話算是合理，但是這麼一來，並沒問到「肉の焼き方（烤肉的方式）」。

5　　　　　　　　　　　　　　　　　解答：1

▲ 訓斥房間裡的其他人太吵了的，只有選項1而已。

《其他選項》

▲ 選項2　「うるさい（吵鬧）」不單指音量大，還具有嫌惡的語意。因此，不論現在吵或不吵，請對方再吵一點這句話本身不合常理。

▲ 選項3　「うるさい」和「手伝う（幫忙）」二者沒有關係。

聴解

1
2
3
4
5
6

例　　　　　　　　　　　　　　　解答：1

▲「お国（貴國）」的接頭語「お」屬於敬語的一種，因此指的是對方的「母國」。所以本題問的是對方來自什麼國家，答案應該以選項1的國名最為恰當。

《其他選項》

▲ 選項2　這是當例如被問到「太陽はどちらから昇りますか（太陽是從哪一邊升起的呢）」這樣的問題時所做的答覆。

▲ 選項3　「やって来る（來到）」和「来る（來）」的語意大致相仿。換言之，當說話者講出這句話時，其本人已經來到日本了。現在問的是他來自哪個國家，可是他卻回答自己來到哪個國家，顯然答非所問。

1　　　　　　　　　　　　　　　解答：2

▲「今いくつ（現在幾歲）」問的是年齡，而回答年齡的只有選項2而已。

《其他選項》

▲ 選項1　這是針對「何人家族ですか（請問您家裡有幾個人呢）」或者是「ご家族は何人ですか（請問府上有多少人呢）」等等問題的回答。

▲ 選項3　這是針對「日本に何年住んでいるんですか（請問您在日本住多少年了呢）」或者是「日本での生活は何年ですか（請問您在日本生活多少年了呢）」等等問題的回答。

2　　　　　　　　　　　　　　　解答：2

▲ 由於這裡問的是「どこで（在哪裡）」，因此以回答地點的選項2最為適切。

《其他選項》

▲ 選項1　由詢問中提到的「とった（拍了）」，可以知道照片已經拍了，而「とりたい（想拍）」指的是對還沒有拍的照片表明希望拍攝的意思。

▲ 選項3　對於特殊疑問句，不能以「はい／

いいえ（好的／不是）」回答。

3　　　　　　　　　　　　　　　解答：2

▲ 由於問的是「どの人（哪一位）」，因此以能夠讓對方了解的選項2的說明最為適切。

《其他選項》

▲ 選項1　這個回答應該是接在比方「昨日、うちに鈴木さんが来ました（昨天，鈴木小姐來我家了）」「それは誰ですか（那個人是誰）」這樣的對話之後才合理。

▲ 選項3　這句話答非所問。

4　　　　　　　　　　　　　　　解答：1

▲ 由於對方問的是「色（顏色）」，因此以回答「色」的選項1最為適切。

《其他選項》

▲ 選項2　由於「青いの（藍色的）」裡的「の（的）」是某個名詞的代稱，因此應該用於比方「あなたの傘はどれですか（你的傘是哪一把呢）」這類詢問的回答。

▲ 選項3　「花（花朵）」和詢問的主題無關。

5　　　　　　　　　　　　　　　解答：1

▲ 由於女士說的是「もう＋肯定（已經）」的疑問句，因此她想問的是「晩ご飯を食べる（吃晚飯）」這件事是否已經完成了。如果已經完成該行為了，應該回答「はい、（もう）食べました（是的，我〈已經〉吃過了）」；假如尚未完成，則回答「いいえ、まだ食べていません（不，我還沒吃）」，或是以與後者語意相同的「いいえ、まだです（不，還沒）」回答。

《其他選項》

▲ 選項2　這句話是當被問到「晩ご飯はまだ食べていませんか（你還沒有吃晚餐嗎）」的時候，表示「はい、まだ食べていません（是的，我還沒吃）」的意思。

▲ 選項3　這句話同樣是當被問到「晩ご飯はまだ食べていませんか」的時候，表示「いいえ、もう食べました（不，我已經吃

過了)」的意思。

▲ 選項關於選項 2 與 3，在回答否定疑問句
時，日文和英文的回答邏輯不同。由於日
文首先以「はい（是的）」或「いいえ（不）」
回答對方所説的話是否正確，因此對於否
定疑問句的回答，會以「はい＋否定文」
或「いいえ＋肯定文」的形式出現。

6 解答：**2**

▲ 因為「なにで（搭什麼）」問的是方式，因
此以選項 2 為最適切的答案。

《其他選項》

▲ 選項 1　對方問的不是時間。

▲ 選項 3　對方問的不是頻率。

全攻略
07

絕對合格攻略！
新日檢 6 回 全真模擬
寶藏題庫＋通關解題 （16K+MP3）

N5

【讀解・聽力・言語知識（文字・語彙・文法）】

發行人	林德勝
著者	吉松由美・田中陽子・西村惠子・山田社日檢題庫小組
出版發行	山田社文化事業有限公司 地址　臺北市大安區安和路一段112巷17號7樓 電話　02-2755-7622　02-2755-7628 傳真　02-2700-1887
郵政劃撥	19867160號　大原文化事業有限公司
總經銷	聯合發行股份有限公司 地址　新北市新店區寶橋路235巷6弄6號2樓 電話　02-2917-8022 傳真　02-2915-6275
印刷	上鎰數位科技印刷有限公司
法律顧問	林長振法律事務所　林長振律師
定價+MP3	新台幣399元
初版	2020年 7 月

© ISBN : 978-986-246-583-7
2020, Shan Tian She Culture Co. , Ltd.

STS

STS